BAISSE TON SOURIRE

DU MÊME AUTEUR

AUX ÉDITIONS CAMBOURAKIS

Le Tas de pierres

Avec Aurélie William Levaux

AUX ÉDITIONS QUIDAM

La Disparition de la chasse

CHRISTOPHE
LEVAUX

BAISSE TON SOURIRE

ÉDITIONS
DO

Les éditions do
reçoivent un soutien financier
de la région Nouvelle-Aquitaine pour leur programme éditorial

ISBN : 979-10-95434-43-6

If men define situations as real,
they are real in their consequences.
William Isaac Thomas, Dorothy Swaine Thomas
The Child in America

1

Il y avait ce joueur dans le championnat belge de football au milieu des années 1990. Gilles De Bilde, il s'appelait. C'était un petit blond aux traits fins et au regard frondeur qui lui faisaient un air d'adolescent perpétuel. De Bilde était un attaquant talentueux. Il était rapide, technique et particulièrement volontaire. Il avait connu un parcours hors du commun. Né à Zellik, une petite commune sans teint flanquée au bord du Ring de Bruxelles, il avait usé ses crampons dans quelques clubs de troisième zone avant de se voir recruté à moitié miraculeusement en début de vingtaine par l'équipe d'Alost qui évoluait alors en deuxième division. De Bilde brillerait à Alost. Le championnat national, ça avait libéré une rage de vaincre qu'il avait dû refouler au fil des années passées à ronger son frein dans la cambrousse. Après deux ans à peine, il décrochait le titre avec son équipe et terminait meilleur buteur du classement. On est en 1994. Alost fait son entrée en D1. Lors de sa première saison, l'équipe atteint la demi-finale de la Coupe et la quatrième place du championnat.

De Bilde obtient le Soulier d'or puis son transfert à Anderlecht, le club mythique du pays. À l'époque, la presse le vénère ; les supporters lui composent des chants de victoire. Dans les cours de récré, le joueur suscite aussi l'admiration. Les gosses s'écrient De Bilde avec une voix de commentateur sportif lorsqu'ils décochent leurs boulets de canon.

Moi aussi, gamin, j'ai crié De Bilde en armant mes frappes au milieu des prairies détrempées. Mais je n'allais pas au stade. Je n'y suis jamais allé. Je ne connaissais du foot que ce qu'on en racontait à l'école ou ce que j'en voyais dans les résumés de matchs le dimanche à la télé. Ces soirs-là, je m'installais dans le divan à côté de mon père et nous regardions l'émission sans dire un mot. Une fois le générique terminé, il quittait la pièce et montait se coucher. À la maison, quelque chose de froid pesait dans l'atmosphère. Adolescent, lorsque je regardais les séries américaines, je jalousais les déclarations d'amour que faisaient les parents à leurs enfants et les embrassades auxquelles tous sans réserve ils s'adonnaient. Chez nous, on ne se touchait pas et on ne se disait pas je t'aime. Ça ne faisait pas partie des mœurs. L'émission sportive du dimanche soir, c'était un des rares instants d'intimité qu'on partageait, mon père et moi. C'était notre moment à nous, silencieux, et bientôt, je m'y faisais à ce silence. Au fil des années, je commençais moi aussi à peiner à sortir les mots de la bouche, comme atteint de cette pathologie qui se transmettait irrémédiablement de père en fils. L'émotion était quelque chose qui se tapissait au fond de moi et ne resurgissait que par éclats furtifs : le dimanche soir - était-ce l'euphorie débridée des supporters qui contrastait tant avec la pesanteur du moment ? - lorsque je voyais les balles s'écraser au fond des filets, je luttais pour repousser les grosses larmes qui remontaient derrière mon nez.

Je me souviens de cette édition du *Week-end sportif* un soir de décembre. D'emblée, on n'avait parlé que de ça : un incident avait eu lieu lors du match qui opposait De Bilde à son ancienne équipe d'Alost. C'est une habitude des supporters, de malmener leurs héros renégats. C'est un rite, tout le monde sait ça. De Bilde doit le savoir, mais De Bilde est un fougueux et comme tous les fougueux, il est sensible ; il est vulnérable. Son ancien entraîneur Jan Ceulemans ne l'ignore pas, lui qui a porté l'enfant terrible à la lumière avant qu'il ne lui plante un couteau dans le dos : Alost est sur le déclin depuis que De Bilde a quitté le club et Ceulemans sait déjà que son propre contrat ne sera pas prolongé au-delà de la saison dont l'issue s'annonce catastrophique. Alors, peut-être un peu de rancune s'insinue-t-elle dans les instructions qu'il glisse à son milieu de terrain, Krist Porte, peu avant que ne débute la rencontre. Cet après-midi-là, Porte tient son rôle. Il talonne De Bilde, il le coudoie. Dans son oreille, il susurre des mots acidulés. De Bilde, désarçonné, déçoit. Bientôt, ses propres supporters se mettent à le huer. À la 66e minute, un pénalty est sifflé pour Anderlecht. Il sera tiré par Zetterberg, le Suédois. Derrière le rectangle, Porte continue à pourchasser De Bilde. Zetterberg frappe la balle. Porte retient De Bilde une fois de plus ; une fois de trop : De Bilde se dégage et lui lance son poing en pleine figure. Porte s'effondre dans l'instant. Il demeure inanimé au sol, le visage en sang.

On avait beaucoup parlé de l'affaire De Bilde à l'école, les jours qui avaient suivi. La plupart des garçons s'en étaient gaussé. Ils avaient rejoué la scène du coup de poing en poussant des cris de petits coqs. Pour moi, c'était différent. Le spectacle auquel j'avais assisté me tourmentait. J'avais vu la vidéo à trois reprises à la télé, mais je ne saisissais dans le geste du joueur que le réflexe malencontreux qui accompagnait sa reculade. Sans doute De Bilde ne pouvait-il plus souffrir la pression qui reposait sur ses épaules, les insultes que lui crachaient les supporters depuis les gradins et la guérilla que Porte lui livrait sur le terrain. Savait-il où son poing allait s'écraser ? L'avait-il seulement vu fuser au bout de son bras ? Le geste avait échappé à la vigilance de l'arbitre, mais pas à celle des journalistes. Sur les chaînes de télévision, De Bilde était décrié d'une seule voix.

Ça n'avait pas toujours été comme ça entre mon père et moi. Il y avait eu des temps heureux autrefois, je peux aisément en retrouver les traces en fouillant dans mes souvenirs ; elles prennent la forme d'images jaunies, comme des diapositives ou des bribes de film Super 8 où le vieux fait le pitre dans une piscine en plastique ou enfonce ses doigts énormes dans mes côtes tandis que j'étouffe de rire sur un lit démesuré. Il y avait aussi eu ce jour où nous étions allés tous les deux dans les champs essayer la tenue de camouflage que j'avais reçue en cadeau pour mon anniversaire. Je me souviens de sa grande main qui tire fort mon petit corps dans les herbes hautes. Je revois la tête en ogive du château d'eau qui surplombe la campagne et par-dessus les flaques de boue, la danse d'une libellule bleu acier. On joue à la mission spéciale et je m'y applique avec la témérité qui y sied : je rampe entre les épis, je roule, je me mets à couvert dans les ornières ; je suis à ce point investi dans mon rôle que je finis par craindre vraiment de voir un soldat russe ou un officier nazi surgir des taillis. Je cours à pleines jambes pour retrouver mon père et mon père me tance un peu. À l'époque, je le sais désormais, il s'inquiète du caractère poltron dont je fais régulièrement la démonstration. Il craint que je ne sois assez solide pour affronter la vie, tous les pères font ça, mais pour mon père plus que pour n'importe quel autre, rien n'est jamais acquis ; tout se gagne le couteau entre les dents. C'est ainsi qu'il a tout décroché, le père, même s'il n'a pas décroché grand-chose. Fais pas ta mauviette, il dit souvent, lorsque je renâcle au pied de la cave sombre ou me fige devant l'enclos d'un chien menaçant. Derrière sa rudesse, il ne cherche qu'à m'encourager, mais à force, le mot se grave dans ma tête : mauviette, je me sens régulièrement.

En contraste avec ma timidité, je suis parfois pris d'accès théâtraux, quasiment burlesques, où j'emprunte des voix emphatiques et ridicules, voire joue les provocateurs devant la famille ou les invités. Ce n'est qu'une façade pour me cacher devant le monde, mais mon père y voit une arrogance qui lui fait honte et qu'il tourne en ridicule : tout le monde t'a remarqué, tu peux arrêter de faire le barjo, il me lance d'un ton sec pour mettre fin à mon numéro. Mon sentiment de gêne ne cesse de croître, de même que mon ressentiment à l'égard de mon père. Très lentement, quelque chose se creuse entre nous. En réalité, quelque chose se creuse en lui surtout. À force de se battre sans triomphe, il a fini par s'user. Et la vie continue à lui refuser d'accéder aux plus infimes de ses souhaits, ne serait-ce que celui d'obtenir une promotion ou quelques heures de RTT. Bientôt le vieux se fait vieux. Lui qui n'est déjà pas très haut se tasse. Il se rabougrit. Il rentre du boulot accompagné de quelque chose d'électrique qui flotte tout autour de lui. On peut quasiment le sentir avant même qu'il ne passe la porte, comme si le petit homme était précédé par l'énergie noire qui irradie de son intérieur en feu. Lorsque le vieux couve sa colère, on dirait que toute la maison se met en veille, attendant dans l'angoisse que tombe enfin son courroux. Bien sûr, on parle dans l'intervalle. On dit passe-moi le sel, demain il va pleuvoir ou j'ai vu la voisine au marché. Mais dans les faits on ne parle vraiment jamais. Et on se livre encore moins. Se livrer est une forme d'indécence qu'il convient de réprimer. À la maison, tout le monde mange son pain noir en silence, à l'exception du père, qui s'octroie le luxe d'y déverser sa douleur à grande eau. La plupart du temps, ma mère passe l'éponge sans broncher. Sauf ce matin d'hiver où elle s'était mise à jeter des patates à travers la cuisine en roulant des yeux terribles. C'est Boris qui avait mis le feu aux poudres en disant un truc du genre ça schlingue les côtes de porc en reniflant par-dessus les casseroles tandis qu'elle épluchait ses pommes de terre, et il n'avait pas fallu une seconde pour qu'elle se mette à canarder. Sa colère n'était pas tant dirigée contre mon frère ; les jours précédents, le père avait redoublé de malice, ou de bêtise. L'avant-veille, il avait oublié son anniversaire, puis il s'était repointé le lendemain avec une sorte de hachoir multifonctions mal emballé en guise de compensation. Ma mère n'osait jamais trop protester ; elle avait accepté le présent avec un sourire douloureux, mais un jour plus tard, elle n'avait pas pu s'empêcher d'exploser. Le vieux ne devait pas ignorer qu'il avait dépassé les bornes, car il était resté prostré tout du long sur sa chaise comme un gosse qu'on sermonne. J'avais jubilé de l'observer si penaud devant ma mère bouillonnante. Mais à part ce jour-là, rien. Ma mère, on aurait dit que nulle chose ne semblait vraiment l'atteindre. La plupart du temps, elle songeait dans son coin, partageant jalousement avec le petit Jésus la plénitude intérieure dont elle n'affichait que le sourire diffus. Elle était incroyablement pieuse, ma mère, très mystique et contemplative. Toujours, elle mettait une distance entre elle et le monde, et ça aussi lui faisait monter le sang, le vieux, ce mur de froideur qu'elle lui opposait tandis qu'il souffrait mille tourments.

Dans le plancher entre mon lit et celui de mon frère, il y avait un trou, un vrai trou de trente centimètres de diamètre au moins qu'on avait dû percer autrefois pour y accueillir un tuyau de décharge ou un conduit de cheminée ; personne n'a jamais su : il y avait ce trou entre nous, recouvert d'un double carré de lino, à travers lequel, le soir, on pouvait entendre les tintements de la vaisselle ou les éclats de la télévision. Généralement, c'étaient les coups de feux qui passaient le mieux. Lorsqu'ils traversaient le plancher, on se mettait, mon frère et moi, à imaginer les duels à mort et les courses-poursuites endiablées des films de cowboys que le père nous interdisait. Ce qui passait très bien aussi, à travers le lino, c'était ses cris de dément. On retirait alors la maigre lame qui nous séparait du salon et on tentait de passer l'oreille à travers le trou pour mieux entendre ses imprécations terribles. On les entendait presque toutes, et seulement les siennes, car les mots de la mère semblaient étouffés par un étrange phénomène acoustique ; le trou, on aurait dit qu'il était ensorcelé et ne laissait passer que ce qu'il voulait, parce que lorsqu'on finissait par s'affoler totalement de la violence qui en débordait et nous mettions à hurler comme des dingues Maman, Maman, nos cris pleins de sanglots échouaient systématiquement à crever le plancher. On s'est souvent endormis comme ça, mon frère et moi : harassés et tremblants de frayeur pendant que sous nos pieds, ça valdinguait plus fort que dans le pire des westerns. Dans ces moments, recroquevillé contre Boris au fond de son lit, je sentais mon corps entier rayonner d'amour pour lui. Planque-toi là, il me chuchotait en remontant les draps par-dessus nos têtes, comme pour nous mettre à couvert sous le feu nourri.

Le reste du temps, c'était plus compliqué. Boris était la merveille de la famille. Il était beau et exalté, il flamboyait jusque dans les conneries qu'il enchaînait régulièrement et qu'on lui pardonnait presque toujours. L'hiver où De Bilde décoche son coup de poing dans le visage de Porte, Boris a quatorze ans et moi onze. Il dit que le foot c'est de la merde en crachant une taffe entre deux mèches revêches, et qu'on s'en tape, de ce joueur avec sa tête de con de Flamand. À ce stade, mon frère a déjà fait le mur deux fois, il a provoqué un accident de la route avec une mobylette qui ne lui appartient pas et rossé un garçon d'une tête de plus qui lui avait dit ta mère la gouine. Boris dessine parfaitement les voitures de course et excelle en escalade. À côté de lui, je me sens un vilain petit canard. Je tente d'imiter chacun de ses gestes flamboyants, mais avec un succès moindre et sans jamais en jouir : mes rares exploits ne sont que de vulgaires plagiats. Même lorsque je parviendrai à m'émanciper un peu - je me trouverai une passion fugace pour l'harmonica en début d'adolescence -, Boris finirait par revenir marcher sur mes plates-bandes, comme s'il ne pouvait tolérer l'existence de ce double maladroit qui tentait de gratter un peu d'éclat à tout ce qu'il entreprenait d'éblouissant. Dans les faits, je le sais aujourd'hui, nous souffrions du même mal : nous brûlions tous deux qu'on nous remarque enfin. Mais l'animosité de Boris à mon égard était parfois telle que j'en venais à m'imaginer qu'il ne cherchait à rayonner que pour mieux me laisser dans l'ombre. Même sa jalousie était plus éclatante que la mienne : l'harmonica aussi, j'y avais pensé avant toi, il me dirait plus tard, je te l'ai laissé parce que c'est un instrument de ringard.

J'ai commencé à rêver très tôt, j'en ai encore le souvenir très clair, la tempe posée contre la vitre de la voiture, une jambe à demi repliée sur la banquette arrière. Ma mère est au volant, on passe la grande cheminée rouge et beige ; les hangars agricoles apparaissent derrière puis les pommiers devant ; c'est la route du collège. J'ai dix minutes devant moi, alors je ferme les yeux et je m'évade dans une de ces vies que je n'aurai pas. Je me souviens aussi de certaines : quand à douze ans, je suis un gosse de riche et que j'ai troqué mon prénom vieille France et ma coupe en brosse pour de beaux cheveux blonds ondulés et un sobriquet américain ; quand à quatorze, je suis un ado populaire qui distribue des high-fives aux caïds de la cour de récré ; ou à seize, lorsque je suis un sosie de Romain Duris dont j'admire l'arrogance juvénile. Je vis à

Paris, à Londres ou en Californie ; je déteste la Belgique et son indécrottable fadeur. En Belgique, on ne trouve ni mégapole frénétique, ni nature sauvage. Le pays m'apparaît telle une large campagne clairsemée de gros bourgs et de zonings modestes. La mer y est froide et sombre ; elle n'a pour falaises que de grands immeubles de béton. La Belgique n'a aucune identité, ou alors une identité molle, comme la Suisse, mais en plus prolo. Les années passent. Je me rêve artiste-peintre, joueur de tennis pro, chanteur adulé et bourreau des cœurs de manière générale. Dans l'enseignement supérieur, où je finis par confirmer la prédiction d'échec de mes parents, je suis timoré avec les filles. Je maîtrise mal les codes de la séduction et l'éventail de ses postures, que je me borne à voir comme un ridicule jeu de dupes. Je passe le plus clair de mon temps avec un grand gars déluré du nom de Gaël qui travaille dans une papeterie du centre. Gaël frime pour deux et esbroufe pas mal aussi. Il nourrit une passion pour les filles de la fac de lettres, dont la fréquentation rassure son égo d'intello raté. Gaël se poste à la terrasse des cafés, un bouquin de philo sous les yeux, et attend patiemment sa touche à la manière d'un pêcheur devant sa ligne. D'entre tous, c'est *Zarathoustra* de Nietzsche qu'il préfère. L'ouvrage regorge de passages poétiques que Gaël sélectionne au hasard pour les réciter d'une voix ténébreuse. Le stratagème fonctionne presque toujours, avec Kant pareil, il dit de son air malicieux ; une fois, juste, il s'est pris une baffe en présentant *La Critique de la raison pure* comme un manifeste pour la libération des corps à une étudiante en épistémologie. Gaël n'a pas été décontenancé le moins du monde. Il en a plutôt fait l'occasion d'une bonne anecdote qui a fait s'esclaffer la petite cour qu'il a formée autour de lui. Pour ma part, je lis peu et j'échoue toujours à me défaire de mon sentiment d'embarras. À quelques exceptions près, les aventures que je connais durant mes études sont contingentes ou accidentelles, et je ne cesse de m'en désappointer.

C'est avec Sonia que j'ai découvert le sexe, un soir à moitié par hasard, derrière le chapiteau d'une fête étudiante. Sonia était très ivre, je l'avais remarquée depuis le coin du bar où je buvais discrètement des pintes, puis je ne sais pourquoi, peut-être juste parce que je suis entré dans son champ de vision et qu'elle a perçu que je ne serais pas trop du genre à faire des manières, elle s'est littéralement jetée sur moi. Je n'ai rien fait. Ou plutôt, je l'ai laissée tout faire : m'emmener dans le bosquet derrière, me coucher dans les aiguilles de sapin, déboutonner mon jean et m'introduire en elle d'un coup de rein. Puis je me souviens de peu : la brûlure qui déchire mon bas-ventre et empourpre mes joues très vite lorsque je jouis à peine quelques secondes après. Mais Sonia n'a pas paru s'en offenser, au contraire. Cette nuit-là, et la suivante encore, on a retenté le coup trois fois avec plus de succès. La découverte a eu pour effet de me dégourdir franchement. Mon buste, qui s'était légèrement creusé sous le poids de ma gêne perpétuelle, s'est ouvert. Ma démarche avait subitement quelque chose de plus altier ; il semblait que j'avais éclos tardivement. L'absence totale de calcul ou d'engagement entre Sonia et moi brisait par avance toute forme de tabou. On s'est essayé à peu près à tout ce qui se faisait dans le domaine du cul, du plus bienséant au plus scabreux. Six mois ont passé, puis Sonia, qui venait du sud du pays, s'en est allée retrouver ses Ardennais. C'est à ce moment que j'ai décidé d'arrêter les frais avec les études. En ville, Decathlon venait d'ouvrir une nouvelle surface ; il se disait qu'on y engageait de nombreux jeunes sans diplôme et que le salaire n'était pas trop chiche. J'ai postulé en gonflant mon profil sportif (j'avais joué dans un club de volley deux mois ; j'ai mis douze, ainsi que « pratique régulièrement le footing ») et j'ai été engagé.

Mon père avait eu l'air courroucé le jour où je lui ai annoncé que je m'en allais. Et je n'avais pas vu dans ses traits la manifestation contrariée de son amour, mais le signe évident de son éternelle autorité. Mon père détestait que les autres prennent des initiatives. Initiative, dans sa bouche, sonnait comme mutinerie ou sédition. Je ne partais pourtant pas très loin. Dans mon monde, à l'instar de celui de mon père, partir signifiait se déplacer de quelques kilomètres tout au plus, dans la ville à côté, qui apparaissait assurément plus grisante que la campagne bungalow où je m'étais morfondu pendant des années. Ça relève quasiment de la coutume par ici : on ne s'en va jamais vraiment. Étrangement, il y en a qui s'en font une espèce de vertu, ou de fierté, voire finissent par développer une forme bizarre de chauvinisme micro-localisé. Cela aurait à voir avec le passé illustre de la ville, certains disent, comme une relique de sa superbe d'antan. Mais je ne crois pas que ce soit ça, personnellement. Je ne suis même pas sûr qu'on ait réellement un passé illustre. Je crois que c'est juste une manière pour les habitants, jusqu'au cou dans la bouillasse, de relever le menton. Ça a quelque chose de touchant, au fond, bien qu'il y en ait toujours pour exagérer, et claironner que la ville forme encore un centre important par ici dans le Nord. Mais le seul centre qu'elle constitue, je l'ai découvert plus tard lorsque j'ai fini par prendre un peu de distance, c'est celui de la came : ses rues sont colonisées par des hordes de toxicomanes fantomatiques que personne ne semble remarquer, comme s'ils ne constituaient qu'un accroc de plus dans le paysage décrépit, ou qu'ils s'y étaient totalement fondus. Un punk à chien français me l'a dit un jour : ici, c'est l'étape finale de la descente aux enfers. Parce que si on attire que dalle en entreprises ou en main d'œuvre étrangère, pour la chnouf par contre, on a une chiée d'expatriés ; ils viennent de partout, des Pays-Bas, de Picardie ou du Finistère, pour finir sur les trottoirs de la cité. Et là encore, il y en a qui parviennent à s'en faire une gloriole. Récemment, des types un peu graffeurs se sont mis à appeler la ville Toxcity, pour faire *street*, genre le Bronx, Détroit ou Chicago. D'autres se sont mis en tête d'immortaliser les derniers recoins de la ville qui n'ont pas été goudronnés, dans une perspective Instagram-écolo ; or, il y a toujours un pylône ou un hangar pourri qui traîne dans le champ, mais puisqu'ils sont facétieux, ils se la jouent nature *versus* industrie. À force, elle a quelque chose d'insupportable, cette complaisance dans le surplace permanent, comme s'il était acquis qu'ici, on n'irait jamais de l'avant. Mais à l'époque, je ne voyais rien de cela : à mes yeux, la ville constituait l'Eldorado. Et c'est de cette manière que j'avais présenté les choses à mon père, avant qu'il ne m'adresse un regard sombre et que j'y lise l'expression irritée de son autorité bafouée. Mais c'était pourtant bien de l'amour ; de l'amour subitement brisé par le regret des moments qui n'adviendront jamais : le match de foot au stade tant de fois reporté, les embrassades à l'américaine ou les mots doux qui, au moment du départ, restent toujours coincés.

Quelques jours après mon annonce, tandis que je prépare mes cartons, je vois qu'il m'observe discrètement à travers l'embrasure de la porte. Bien que je fasse désormais une tête de plus que lui, la distance qui nous sépare l'empêche, je crois, de voir l'homme que désormais je suis. Dans les yeux de mon père, je demeure le gamin gringalet qui pleurniche au moindre écueil et maintenant prétend s'en aller par le monde sans arme pour le braver. Alors le lendemain, comme à son habitude sans rien trop dire ni expliquer, mon père m'enjoint de l'accompagner dans sa voiture. Il prend la direction de l'autoroute à dix kilomètres de là. Les façades des pavillons et des fermettes filent par la fenêtre. Une petite bruine flotte, tel que toujours là où nous vivons, qui rend la scène un peu mélancolique. Quelques centaines de mètres avant la bretelle d'accès de l'autoroute, il bifurque vers le zoning commercial. Il immobilise sa voiture devant le magasin de bricolage et nous y entrons tous les deux. Très vite, de son pas pressé de petit bonhomme nerveux, il s'éclipse entre les rayons, à la recherche de je-ne-sais-quoi de si important, probablement en lien avec son entreprise de jardinerie martiale débutée à l'aube de ses cinquante ans. Je furète dans la pépinière, je contemple les meuleuses d'angle, je renifle les gaines de cuir, le gras des clous, je soupèse une massette et un burin d'acier. Les minutes passent, puis mon père ressurgit au bout d'une allée. Il porte dans les mains une boîte bleu roi, un kit complet rempli d'outils : un marteau, des pinces, quelques tournevis et une petite scie. Il paye la boîte et nous retournons vers sa voiture, mais sur le parking, il s'arrête brusquement et me la présente. Les mots ne sortent toujours pas. Jamais ils ne sortent, mais je comprends ce qu'il me dit en me tendant les outils. Et ce jour-là, même pas un dimanche, sans match de foot ni balles au fond des filets, sur la route qui déroule maintenant à l'envers, je lutte pour contenir les grosses larmes qui remontent derrière mon nez.

2

On ne pouvait pas vraiment dire de Sophie qu'elle était belle, mais Sophie était grande et ça jouait dans l'impression de majesté qu'elle produisait. Elle n'avait pas été formée au moule local, ça se sentait, et j'essayais de comprendre en quoi ; c'était lors d'une pendaison de crémaillère comme on en faisait beaucoup à l'époque, très excités qu'on était tous à l'idée de plonger dans la vraie vie d'adulte, quitte à en reproduire tous les clichés, comme celui de jouer à la dînette avec les mêmes verrines à cocktail-apéro crevettes qui nous foutaient la nausée chez nos parents. Il n'avait pas fallu quelques mois, en réalité : les mecs s'étaient mis à parler de Formule 1 au premier degré et les filles de l'éponge magique de Mr. Propre avec le même air entendu, le tout dans des tenues un rien plus sport qu'avant, alors qu'il semblait que la plupart avaient bizarrement décidé de ne plus trop bouger leur cul. Sophie, visiblement pas dans un trip verrines ou Formule 1 / Mr. Propre, semblait surnager, là, au milieu de tous, arrivée par hasard avec une voisine de palier. J'imagine qu'elle a dû sentir mon regard glisser sur elle car à un moment, elle s'est retournée et m'a souri. Son sourire m'a surpris ; j'y ai répondu par une moue ridicule, je me suis liquéfié, puis je me suis promis de ne plus lorgner dans sa direction, mais plus tard, j'ai de nouveau croisé son regard et elle l'a soutenu, sans sourire cette fois. Je me suis dit merde elle est quand même belle putain, puis un type a hurlé FARANDOLE avec un accent marseillais raté dans mon oreille et a écrasé mon pied en lançant une queue leu-leu. J'ai participé à quelques conversations sans y participer (l'accident d'Ayrton Senna, les moteurs à cylindres en V) ; j'acquiesçais en faisant hmm oui haa, mais je pensais à Sophie dans mon dos et au regard qu'elle avait soutenu plus tôt, et ça prenait trop de place dans ma tête pour que je puisse y mettre quoi que ce soit. Puis il y a eu une troisième œillade, plus soutenue encore, lorsque Sophie a traversé le salon pour aller chercher son sac ou quelque chose dedans. J'ai pensé : il y a une opportunité à saisir, j'ai instantanément détesté mon expression de société de consulting, et je me suis servi une bière de honte dans le frigo. Mais lorsque j'ai refermé la porte et me suis retourné, elle se trouvait pile sous mon nez. Alors, soit parce que je m'y étais lentement préparé, soit parce que je ne l'étais pas du tout, je lui ai dit salut avec une voix qui n'hésite pas ; ne pas avoir hésité m'a donné de l'assurance, et j'ai tendu la main vers elle en articulant mon prénom vieille France, ce qui l'a fait rigoler. Ses dents étaient parfaitement alignées et je me suis rappelé que les miennes ne l'étaient pas, mais je n'ai pas eu le temps d'en former quelqu'image ou allégorie que ce soit, en matière de moule local ou de majesté, car elle m'a dit qu'elle voulait bien une bière elle aussi s'il te plaît. À son tour, elle m'a donné son prénom ; je l'avais demandé à un pote plus tôt, alors j'ai répondu spontanément : je sais. Ça a créé une sorte d'intimité entre nous, je crois qu'on l'a senti tous les deux : il y a eu un remous dans l'air sous nos yeux - ou c'est mon regard qui a flanché ; je me suis reculé et j'ai buté contre une étagère truffée de guides de voyage et de bibelots type *Elle Déco* dont la moitié s'est effondrée.

En redressant un *Routard* Caucase pas usé pour un sou, Sophie m'a dit qu'elle avait visité l'Arménie. Mais il ne m'a pas semblé qu'elle crânait, pas grossièrement du moins, ou alors je n'ai pas voulu le voir, ou bien j'ai apprécié qu'elle tente de m'impressionner. Elle avait vu la steppe, avec ses cowboys à la russe, leurs chiens à têtes d'ours et leurs troupeaux émaciés. Des Lada traversent le paysage ici et là, coiffées de marchandises de toutes sortes, souvent des bottes de foin qui leur font comme de gigantesques chapkas. Partout il y a cette odeur de fuel, elle dit encore, elle est toujours un peu en suspens, même au milieu de nulle part, où elle se mêle à celle du blé ou du froment. Elle me parle de la chaleur de plomb inconnue ici et des nuits glacées dont on n'imagine pas la brutalité, elle raconte les villes avec leurs boulevards de titans, les ruelles en entrelacs et le fatras joyeux dedans ; elle dit qu'elle ne pourrait pas vivre là-bas, mais qu'elle a pensé y rester quelques mois, et j'aime l'indépendance qu'elle affiche ; je ne suis jamais parti très loin, moi, ni très longtemps. J'ai vu la mer du Nord à six reprises, la côte normande à deux et la Bavière une fois. J'ai visité quelques grandes villes : Bruxelles, Paris, Londres et La Haye aussi, lors d'un voyage de fin d'année dont je me souviens pas, car on s'était surtout planqués dans les parcs pour fumer de la marijuana. Dans les faits, je ne connais de vraiment pittoresque que la région dont je suis issu, où serpentent de petits ruisseaux entre les grappes de chênes. Il se trouve également une grosse butte de calcaire qu'on appelle montagne, parsemée d'orchidées et de cavernes à champignons où l'on a retrouvé un jour un squelette de tortue géante fossilisé. Non loin de là pousse une large forêt, sur ses flancs ont éclos des villages qui au fil des routes deviennent une banlieue, puis la ville où nous vivons tous les deux. On a passé le reste de la soirée à échanger sur à peu près tout et n'importe quoi, puis il était subitement très tard et l'appartement était baigné de lumière. Presque tout le monde était parti, et notre hôte remplissait un sac poubelle d'un air contrit dont on a déduit qu'il valait mieux se carapater aussi.

J'avais racheté la vieille berline d'un de mes oncles un peu plus tôt, c'était un engin poussif qui donnait à ma conduite des airs de retraite anticipée, mais j'adorais cette caisse et la sensation de liberté qu'elle me procurait. Je passais des heures à son volant, à bourlinguer dans la campagne ou, calé dans mon siège au sommet d'un coteau, à en observer les replis et les sursauts. Ça se sentait un peu du coup : à l'intérieur, la voiture était une demi-poubelle, jonchée de mégots, d'emballages de sandwichs et de canettes éventrées, mais Sophie n'a pas semblé s'en formaliser. Je lui avais proposé de la déposer car il s'était mis à pleuvoir. J'avais un peu trop bu et tiré sur un joint qui tournait dans la fête, alors je roulais lentement. Sophie parlait par-dessus l'averse ; sa voix était écorchée par la fatigue et ça donnait quelque chose de sensuel à ses intonations. Bientôt, je ne distinguais plus les mots, j'entendais seulement leur mélodie ondoyer dans l'habitacle. Au milieu d'un virage, mon regard est tombé sur ses genoux puis est remonté sur ses cuisses que sa jupe plissée légèrement découvrait. Je me suis mis à imaginer sa culotte et la toison noire qu'elle devait laisser deviner. J'ai pensé calme-toi ducon en tentant de redresser le regard d'un coup, mais d'avoir Sophie si près de moi dans cet espace si clos me mettait les sens dessus dessous.

Lorsque j'avais seize ans, j'étais amoureux d'une fille de l'école, Marion, elle s'appelait. Marion ne savait rien de mes sentiments, et je ne m'imaginais pas qu'elle en ait quelque chose à cirer ; elle traînait avec un groupe de rugbymen qui m'avaient surnommé Playmobil en l'honneur du casque de cheveux que je portais en permanence par-dessus les sourcils. Mais mon copain Aurélien affirmait le contraire. Il disait que Marion n'arrêtait pas de me zieuter et que je devrais la plaquer contre un mur pour lui faire son affaire. Aurélien passait son temps à fantasmer les histoires des autres, je le savais, mais je suppose que j'avais envie d'y croire moi aussi : le soir dans mon lit, je m'imaginais pousser Marion contre les casiers pour lui arracher un long baiser. Tout s'est joué sur un malentendu, en réalité, au cours de la retraite de fin d'année, une plaisanterie con lancée par je-ne-sais-plus-qui : Marion m'attendait devant sa chambrée. Un coup de ratafia m'avait embrasé les idées ; j'avais beaucoup joué la scène au fil des mois, et dans l'exaltation, j'étais en pilote automatique. Je crois que j'ai en partie refoulé le truc, parce que rien qu'à y repenser ça me donne envie de mourir, mais j'ai dû dire quelque chose comme Hey la miss, en passant par là où elle se trouvait, puis m'immobiliser d'un coup pour lui décocher un baiser. Ça a duré deux secondes, même pas, au terme desquelles mon oreille a claqué puis chauffé très fort. Lorsque je me suis retourné, un des gars du rugby levait la main au-dessus de mes épaules. Ça a claqué de nouveau et brûlé de plus belle. J'ai entendu Marion crier sale pervers, et ce fut comme si je recevais une gifle encore. Il n'a pas fallu une heure pour que tout le monde soit au courant. Le soir-même, on susurrait des pervers sur mon passage et le lendemain ont suivi les ricanements. À la rentrée deux mois plus tard, tout le monde avait oublié l'histoire, mais je sentais encore la brûlure de honte sur ma peau. Des années après, faute de toujours bien déchiffrer les codes avec les filles, je m'abstenais de tout mouvement aventureux. Lorsque Sophie m'a indiqué son immeuble de l'autre côté de la rue, je me suis rangé sur le bas côté ; la portière passager de ma vieille tire était franchement rétive ; je me suis penché vers Sophie pour l'aider à la pousser, puis sans mot dire, l'ai laissée s'extraire et s'éloigner.

La première chose que j'ai faite en rentrant a été de me traiter de connard. La seconde a été de me branler sous la douche et la troisième de reprendre une douche parce que j'avais honte de m'être branlé. Je me suis servi un verre d'eau fraîche, j'ai cherché Sophie sur Facebook ; j'ai regardé les amis qu'on avait en commun ; j'ai observé les photos qu'elle avait publiées : les paysages exotiques, les portraits de classe pixellisés et les souvenirs de vacances avec ses copines ; dans l'un d'entre eux, elles posent rigolardes sur la terrasse d'un bar de mer. Un t-shirt rayé serre la poitrine de Sophie. Je zoome plusieurs fois, je scrute les détails les plus fins, je devine le pli de son sous-vêtement et le contour de ses seins. J'observe les traits de son visage. Elle porte un regard fier. Autour d'elle les autres filles paraissent des êtres rabougris ; je revois le trouble dans ses yeux quand je pousse la portière et je me dis connard une dernière fois avant de tomber endormi.

Mon souvenir est plus vague en y repensant le lendemain. Je me dis que je me suis peut-être fait des films et que j'ai bien fait de ne pas retenter le coup du patin surprise comme avec Marion cinq ans plus tôt, mais l'image de Sophie colle au fond de mon crâne, ou de mon estomac, je ne sais plus, et ça ne s'apaise pas. Trois jours passent. Ma mère appelle pour prendre des nouvelles ; les minutes s'égrènent avant que ne débutent les blancs-malaise ; elle dit papa t'embrasse pour conclure et on raccroche rapidement. Je croise un ancien copain dans un bar du centre, Charles. Plus jeune, Charles singe le gros con de droite, il dit chômeurs fainéants et femmes au ménage, et à dix-huit ans, personne ne doute qu'il plaisante. Quelques années plus tard, il y va toujours de la même rengaine, sauf que le ton est moins rigolard. Charles est désormais représentant en vins, et pas mal branché picole en même temps. Il n'attend pas d'avoir fini un verre pour en commander un autre et les enchaîne en criant « first-in first-out » en référence à son approvisionnement. Très attaché à son image de gros con, il n'en paye aucun. Mon mal d'estomac a disparu mais, le jeudi, je fais un rêve très émouvant de Sophie et moi nageant synchrones dans une large étendue d'eau. Je m'éveille avec le ventre qui tire de plus belle et ça dure toute la journée, à tel point que je me demande si c'est pas les bières-cacahuètes de la veille au bistro. Malgré la nausée, je me rends au travail ; à l'époque, je travaille au département marche athlétique (+ kayaking) de Decathlon, qui n'est pas le plus couru des clients, sauf à demander où se trouvent les pantoufles de gym (allée 8). Le plus dur du travail consiste à supporter l'inaction et la playlist de vingt morceaux de variété française low-cost qui tourne en boucle d'heure en heure, ce qui me laisse pas mal de temps pour rêvasser et passer en revue mes projets de vie ou mes plans financiers ; je le fais ce jour-là, quatre fois environ, en ajustant les rames et les paires de bâtons. J'échafaude aussi de nombreuses théories sur Sophie, sur sa vie, sentimentale en particulier, puis j'envisage quelques scénarios, parmi lesquels celui de lui annoncer que j'ai des places pour le festival d'art-performance au centre culturel dont un copain qui y travaille au vestiaire m'a parlé. Outre ses voyages, Sophie a évoqué la philosophie japonaise et utilisé les mots postmoderne et altérité ; à l'époque où j'étais en train de me ramasser dans une école provinciale de sciences éco bien cotée dans les milieux d'ex-prolos ayant bénéficié de l'ascenseur social un-peu-mais-pas-trop, elle a fait un master en journalisme et bossé à la radio. Le tout claque pas mal à mes oreilles et je me dis que l'attrait pour l'art doit bien arriver quelque part derrière : j'achète des billets pour la nocturne qui conclut le festival deux jours plus tard puis je tente de me persuader que je me les suis procurés de manière désintéressée. Je demande le numéro de Sophie à mon pote et le reçois assorti d'un bonne bourre + émoji haha, au cas où j'aurais pas compris. Je pré-rédige une douzaine de messages avant de trouver le bon ton. Je le relis une dizaine de plus avant d'envoyer. Mon état de fébrilité est tel que j'oublie la manière dont les choses s'enchaînent ensuite, mais le surlendemain à 19 h, Sophie monte de nouveau dans ma caisse aux relents de poubelle et on prend la direction du centre culturel.

Notre sortie avait tous les traits du rendez-vous arrangé ; Sophie semblait plus raide que la première fois et ça n'aidait pas. Je butais sur les mots et mes phrases sonnaient creux ; je me suis entendu commenter la météo, puis on a été immobilisés dans un embouteillage ; ça m'a tendu plus encore et j'ai soupiré. Sophie m'a demandé si tout allait bien et j'ai répondu que oui oui, que c'était juste l'embouteillage, puis je me suis senti trop un naze et lorsque la circulation a repris, je lui ai avoué que c'était le côté rencard qui me mettait la pression, que la pression me rendait niais et me faisait commenter la météo ou pester sur des bouchons. Sophie a ri, puis elle a posé sa main sur mon épaule et ses doigts ont glissé sur ma nuque. D'un coup, ça m'a donné le tournis, mais on était arrivés, et déjà on courait pour assister à une performance dont j'avais affirmé qu'il ne fallait en aucun cas la manquer. Je n'en touchais pas beaucoup plus en art-performance qu'en art tout court, et il était peu probable que le centre culturel de la ville propose quoi que ce soit de très exceptionnel, mais je l'avais lu sur internet un peu plus tôt et répété fiérot. Sur place, un public à lunettes à grosses montures semblait en effet subjugué par le brainstorming lyrique auquel se livrait un grand type échevelé, alors j'ai suivi le mouvement ; j'ai froncé les sourcils et pris un air absorbé. J'ai juste commencé à avoir des doutes quand le type s'est mis à scander « l'art est môrt / môrt est l'art » avec un accent local très prononcé, puis à bondir sur place en prenant des postures à la croisée du mime Marceau et du karaté. Quelqu'un a crié wouh yeah comme après un solo de guitare, mais dans le vide, et Sophie, qui n'avait rien dit jusque-là, s'est mise à pouffer ; je me suis instantanément senti très nigaud, mais elle m'a adressé un clin d'œil et a repassé sa main dans ma nuque, ce qui a occasionné un nouveau tournis et ma retraite vers les toilettes avec une excuse bidon qui supposait de ne pas utiliser le mot pipi ou caca. J'ai ouvert le robinet, je me suis jeté un peu d'eau sur le visage et j'ai humecté mes lèvres. J'ai revu mon premier baiser. Il avait finalement eu lieu un an après l'incident avec Marion, derrière les murs du lycée. La fille s'appelait Margaux et elle portait un gros sac difforme sur le dos. Nos gestes avaient été incroyablement maladroits. On avait dû s'y reprendre à deux fois avant de placer nos bouches dans un axe convenable ; puis ça avait été très rapide, rêche, gluant, et je bandais. J'ai repensé à la gêne qu'avait causé la bosse dans mon froc, à ma prof de français qui avait de gros nichons pointus puis aux croquis qu'on en faisait au cours à son insu. Je me suis vu divaguer dans la glace, alors j'ai marmonné putain, putain, et allez, allez en frappant dans les mains. Je n'avais pas vu ce monsieur aux lunettes épaisses qui me regardait d'un air circonspect dans l'angle mort du miroir, et j'ai poursuivi allez, allez, comme si je fredonnais la chanson de stade de foot seul au milieu des chiottes avant de m'éclipser.

On a fini par jeter les armes à la troisième tentative d'art-performance locale - une dame qui hennissait littéralement dans le sous-sol du bâtiment - mais on s'est perdus dans les couloirs de la chaufferie en nous enfuyant. On y était complètement seuls, il faisait sombre, on ne parlait pas, et ne pas parler nourrissait plus encore la fièvre entre elle et moi. J'ai fini par trouver l'issue de secours, j'ai poussé un battant très lourd et Sophie s'est glissée dans l'interstice. Il a suffi de rien, de ces quelques centimètres et de l'électricité accumulée, trois secondes : un néon a vrillé ; Sophie s'est redressée et nos lèvres se sont rencontrées. J'ai été parcouru d'une déflagration générale. Mon cerveau s'est extrait de mon crâne par les orbites, comme aspiré par une incroyable gravité. J'ai été tout à fait ivre quelques instants puis j'ai repris conscience et je brûlais totalement. Sophie pressait son bassin fort contre moi. Je bandais et je m'en fichais. J'ai passé mes mains sous son t-shirt et sa peau brûlait pareil. Je n'ai aucune idée du temps que nous avons passé là. Ce fut très court peut-être ou très long, mais à un moment on a entendu des éclats de voix derrière les parois. J'ai dit putain on va se faire enfermer, et on s'est enfin extirpés. Quelques pas plus loin, c'était le dehors. Il faisait nuit noire et très silencieux désormais. On s'est dirigés vers le parking pour reprendre la voiture, mais les grilles étaient closes et ma caisse emprisonnée jusqu'au lendemain. Dans l'excitation, j'ai prétendu m'en foutre (à moitié), et dit que je la récupérerai le matin car on n'était qu'à quelques centaines de mètres du centre-ville si on suivait le fleuve (2,7 km en vrai). Les quais étaient éclairés de lampadaires presque tout du long. On voyait des camping-cars sur les parkings attenants et entre eux des chapelets de linge multicolore qui faisaient comme les drapeaux de prière de l'Himalaya. Sophie tenait ma main et la serrait fort. À plusieurs reprises, on s'est embrassés ; contre un arbre, contre un mur puis contre rien au milieu de la nuit. J'ai passé la main sous son t-shirt encore, elle a glissé sa langue dans ma bouche, j'ai agrippé ses fesses et elle a gémi.

En entrant dans la ville, il y avait de nouveau du monde, des devantures éclairées, des cris et du brouhaha. Je ne sais pas si j'en avais conscience, je crois que je ne voyais rien : c'est moi qui imprimais la direction de nos pas. Mon appartement se trouvait au bout du quartier congolais, en face d'un petit bar calfeutré dans lequel il faisait un noir d'encre. C'est comme ça qu'ils se protégeaient de la morsure du soleil et de la chaleur d'enfer à Kinshasa, on m'avait expliqué. Lorsque les gars étaient arrivés en ville, ils avaient construit leurs tripots pareils, mais sans morsure ni fournaise. La plupart du temps, ils buvaient des pintes devant en frissonnant sur une chaise. On a traversé un boulevard, une place en asphalte, deux trottoirs et trois rues pavées avant de faire halte. Les bribes d'une zouk feutrée s'échappaient du soupirail ; devant nous se dressait la porte de mon immeuble. Je me suis tourné vers Sophie ; du regard elle a acquiescé, je me suis pas dit connard ni ducon, et on est montés.

Lorsque je me suis éveillé, dans la lucarne de ma chambre, le jour était très haut et lumineux. Je me suis retourné et Sophie était là. Mon ventre s'est noué de surprise, ou de gaieté, je ne sais pas. J'ai scruté ses cuisses, j'ai maté ses seins du coin de l'œil au cas où je me ferai capter. J'ai eu très envie d'elle, c'était très localisé dans mon bas-ventre et je me suis rendu compte que j'étais affamé. Je me suis extrait du lit en sinuant pour ne pas faire couiner le matelas, me suis habillé très vite, un jean sans slip, des pompes sans chaussettes, un sweat direct, et j'ai filé à travers les escaliers pour aller nous chercher à manger. Dans la rue, un vent frais m'a cinglé le visage. Je me sentais crasseux de la veille, très viril du coup, et terriblement libre aussi, dans ma crasse d'amour et de nuit. C'était comme de faire un pied de nez au quotidien de merde ;

j'ai acheté un pain et un fromage trop cher, une Tomme très fleurie, et je les ai étalés sur la table au retour comme l'homme qui ramène la pitance au logis. Sophie avait pris une douche et fait un café qui sentait très fort la vraie vie dans ma tanière si souvent endormie. Elle avait remis ses habits de la veille ; je pue, t'approche pas, elle avait dit en me faisant une bise de tangente avant de nous servir deux tasses brûlantes.

Elle n'a pas quitté l'appartement de la journée. On a discuté, beaucoup, et j'ai pensé que ça devait témoigner d'une forme d'intérêt. Elle s'est un peu foutue de ma poire aussi, de mon intérieur de collégien - j'avais un poster de la NBA punaisé dans la cuisine, et un pot à feutres posé sur un bureau en kit d'ado boutonneux plus loin. Je l'ai gentiment bousculée quand elle a dit qu'il me manquait que les étoiles phosphorescentes au plafond ; elle m'a mis une demi-beigne et j'ai répliqué par une grosse tarte incontrôlée à l'arrière de son crâne qui lui a quasiment arraché une larme. Je me suis excusé quinze fois puis j'ai fait des crêpes au sucre pour me racheter. On a regardé un épisode d'une série franco-québécoise horrible de quand on était gamins (*Les Intrépides* avec Lorànt Deutsch), un reportage sur des boxeuses en Zambie puis le florilège bite-couille de Bigard qui me fascinait beaucoup plus qu'elle visiblement. On a partagé une bière-clope, Sophie est partie et, lorsque je me suis couché le soir, je me sentais étrangement apaisé.

Au bout de deux jours sans nouvelles, j'ai un peu perdu de ma superbe. J'avais tourné dans tous les sens le c'est moi qui t'appelle qu'elle m'avait lancé depuis le hall d'entrée. À force, je n'y entendais plus qu'une éconduite polie.

J'ai repensé à ses gestes, j'ai réévalué ses regards et tout semblait se déliter. Sophie n'avait peut-être pas tant ri, ni même joui. Peut-être même n'avait-il pas fait si beau. Il ne fait jamais vraiment beau ici. Ma tête cognait et ma peau tirait sur les os. Le lendemain, en marchant dans la rue, je me suis forcé à regarder d'autres filles. Deux ont détourné le regard ; la troisième m'a souri poliment et la quatrième m'a demandé si je voulais sa photo, connard. Je suis rentré chez moi vacciné. En cherchant un peu, j'ai retrouvé la chanson sur laquelle Sophie et moi nous étions embrassés en passant devant une boîte de nuit. C'était un morceau de techno complètement barrée que j'entendais comme une ballade éthérée. J'ai relu les messages qu'on s'était envoyés avant la soirée. Par deux fois, j'ai manqué lui écrire. Par deux fois, je me suis ravisé. Je l'ai imaginée chez elle, j'ai imaginé chez elle. J'ai pensé que j'avais pris ce que j'avais à prendre, que c'était pas si mal au vu de mon pedigree. Le matin du cinquième jour, je me suis réveillé requinqué et prêt à aller de l'avant, mais lorsque je suis sorti de l'immeuble pour aller bosser, Sophie se tenait juste là devant. J'ai chancelé de surprise, j'ai dit coucou d'une voix qui dérape et je lui ai fait une bise à demi dans les cheveux. Elle m'a accompagné jusqu'à Decathlon et on a papoté comme si on ne s'était jamais quittés, ou si on n'était pas au fond de parfaits inconnus. Elle revenait de Bruxelles où elle avait passé quelques nuits chez sa sœur, qu'elle avait subitement eu très envie de voir. Sophie ne supportait plus son ancienne ville, elle m'avait dit, qui était devenue une métropole Starbucks aseptisée comme presque partout dans le Nord désormais, mais il était sympa le petit studio de sa frangine, juché par-dessus un square où s'affrontaient des joueurs d'échecs assis sur des cageots. On s'est retrouvés le soir sur le parvis d'une église entre chez elle et chez moi. On a parlé de la vie de quartier, des bars et du choix des supermarchés. Sophie a évoqué de nouveaux lieux aux noms poétiques comme Syracuse ou Constanza. Je me suis reconcentré sur ma campagne de gosse et les bosquets où un jour on avait déniché la cahutte d'une vraie demi-sorcière ébouriffée. Sophie a ri ; nos yeux se sont croisés ; j'ai eu peur de loucher ; je pense que j'ai louché ; j'ai fermé les yeux, nos lèvres se sont retrouvées et ça a déflagré presque comme la première fois.

Elle m'a redit qu'elle m'appelait lorsqu'on s'est séparés et le lendemain, elle l'a fait. Puis tout a été très vite, on s'est vus à trois reprises la semaine qui a suivi et quatre la suivante. Il semblait que nos rendez-vous reléguaient tout le reste en arrière-plan et que le quotidien ne subsistait que pour donner un cadre à nos rencontres ou faire la liaison entre elles. Il apparaissait également que la vie d'avant n'avait aucune espèce de saveur et qu'on n'en savait alors rien. Avec Sophie, tout devenait enivrant et effréné. On est allés voir deux concerts de musique ancienne, on a assisté à des expos ou des vernissages, du plus chouette au très ridicule, où on pouffait ensemble désormais, avant de se carapater dans la nuit. On courait tous les deux la main dans la main, et on se regardait courir, d'un peu plus haut, en caméra-grue, serpenter entre les taxis. Dans notre film à nous, on allait aussi voir des films, des vieux films dans des vieux clubs où on faisait la queue, et dans la queue, de même que dans les films qu'on allait voir, on pérorait, on s'attaquait à des thématiques très brûlantes ou carrément stériles, on les abordait avec passion, avec colère parfois, avec pas mal de désinvolture aussi : on jouait.

Alors, puisque je lui en avais tant parlé, j'ai fini par l'emmener dans la forêt, là au bout, où la litière se confondait avec la poussière, jusqu'à l'ancienne carrière inondée qui dessinait dans la pinède une large entaille dont on pouvait embrasser chacun des contours depuis un petit promontoire duquel, gamins, ivres de fougue et de peur, on se jetait en hurlant. Et à notre tour, comme des gamins ivres de fougue et de peur, on s'était élancés du rocher pour se rejoindre sous l'écume, les poumons crevés et le cœur à deux doigts d'éclater. On avait séché nos corps, les pieds dans la caillasse, sous les rayons du soleil, jusqu'à ce qu'il s'éteigne derrière la colline qu'on appelait montagne. J'ai raconté à Sophie qu'il restait au fond du bassin quelques baraquements d'ouvriers qu'on n'avait pas pris la peine de démanteler le grand jour de l'inondation. On les voyait parfois crever la surface de l'eau, les étés de sécheresse, ça et quelques reliques d'épicéas mort-nés qui faisaient office de nids à carpes dans les profondeurs ; et pendant que je lui racontais ces histoires qu'on m'avait moi-même racontées, je l'observais, les yeux demi-clos. Elle était allongée les bras derrière la nuque, inondée dans le crépuscule ; une sensation intense de béatitude s'était emparée de moi, quelque chose d'incroyablement clair et pur, qui a laissé place juste après - c'était toujours pareil quand ça arrivait - au sentiment tenace de mon imposture.

Il faisait presque nuit lorsqu'on a quitté la carrière, et dans les fourrés autour, ça commençait déjà à gigoter. J'ai senti la main de Sophie se raidir dans la mienne. Il n'y a aucun animal féroce ici, j'ai dit, hardi, bien que j'aie méchamment les chocottes des sangliers ; j'ai serré Sophie contre moi et je pense qu'elle n'en a rien présumé. Lorsqu'on est remonté dans ma voiture un peu plus tard, j'ai proposé de faire un crochet pour aller voir le village où vivait ma grand-mère Rose avant d'être placée en maison de repos. Elle y habitait une petite maison orange brique avec derrière un jardin en labyrinthe de buissons au milieu desquels se trouvaient des serres anciennes et leurs vasques remplies de crapauds ; on s'amusait à les capturer le samedi avec mon frangin, pendant qu'elle nous cuisinait des gaufrettes pleines de grumeaux. Avec les années, son village, autrefois moisi à tendance morose, était presque devenu pittoresque. Une petite auberge y avait ouvert et nous y avions loué une chambre lorsque j'avais découvert qu'avait lieu ce soir-là la traditionnelle fête de Noël du milieu de l'été à laquelle, des années plus tôt, j'avais participé. Personne n'avait jamais trop su d'où provenait la tradition, si ce n'est qu'ils trouvaient ça visiblement très rigolo, au village, de célébrer Noël en juillet, et que la fête donnait une bonne occasion à tous de se mettre la race pour marquer le début des congés. La plupart portaient des bonnets rouges dont beaucoup secouaient le pompon pour souligner le cocasse de la situation. Sur la remorque d'un camion, un orchestre jouait des tubes de Johnny que tous autour reprenaient à tue-tête. Sophie était allée chercher deux verres dans le bar sous un petit chapiteau. Je l'attendais au milieu de la foule qui hurlait son bonheur avec une telle absence de retenue que cela ne pouvait réellement être que vrai. Elle me fixait de loin et soutenait mon regard en s'avançant les deux gobelets en main, jusqu'à ce qu'elle soit si près qu'elle chuchote, en se penchant vers mon épaule : mon ange. Mon ange, elle avait dit gratuitement, et ça m'avait fait un crépitement brûlant au bout de l'estomac qui serait remonté en larmes pour crever mes paupières si je n'avais été si fier ou tellement prudent.

3

Au coin de la rue en bas de chez moi se trouvait une supérette tenue par une vieille dame en tablier ciré ; une sorte de caverne d'Ali Baba, un dédale de pièces en enfilade où on pouvait dénicher à peu près n'importe quoi : des boulons de serrage, de la mortadelle, des ampoules à incandescence ou des boîtes d'anchois. Sur un présentoir à l'entrée s'entassaient des flyers publicitaires, des annonces de baby-sitters, de marabouts ou des tracts signalant la disparition d'un chat ; je les ordonnais nonchalamment quand il y avait file à la caisse, ce qui arrivait souvent quand je me trouvais là, car la petite vieille n'avait personne pour l'assister, à part son fils bizarre de cinquante ans qui déambulait en pantoufles très lentement dans les allées. Je suis tombé un jour sur le dépliant d'un spa ; les photos dévoilaient une infrastructure haut de gamme et un cadre privilégié. J'avais mis le prospectus en poche en pensant à Sophie ; il y avait traîné quelques jours puis j'avais remis la main dessus en enfilant ma veste ce matin-là.

Sophie, j'ignore si cela m'avait échappé les premières semaines ou si ça s'était manifesté récemment, avait parfois quelque chose d'évasif ou de fuyant. C'était comme si je ne parvenais pas à la capter, qu'elle glissait entre mes doigts ou qu'elle se laissait lentement dériver. Une fois puis deux, elle avait passé la soirée dans la salle de bains fermée à clé. Je n'avais même pas entendu la douche couler et elle en était sortie tard pour se coucher. Le matin de la troisième fois, j'avais réservé pour deux personnes au spa puis je le lui avais annoncé. Elle m'avait dit bah t'es trop gentil en m'envoyant un bisou volant, puis elle avait filé s'habiller à reculons de crabe contre le mur comme elle le faisait toujours quand elle était en culotte devant moi. Le spa se trouvait dans un quartier de la banlieue résidentielle. À l'extérieur, tout confirmait le luxe annoncé sur le dépliant : le bâtiment confondait le verre, le béton et l'acier ; il était bordé de buissons sélectionnés avec soin et taillés impeccablement. Mais en passant la porte d'entrée, le lieu prenait subitement un coup de vieux. Les murs qu'on avait imaginés immaculés étaient jaunes-passé, de la mousse poussait dans les recoins du vestiaire et quelques installations étaient franchement vétustes. Un groupe de Hollandais craquait des canettes au flotarium, et dans l'espace relaxation une dame vociférait sa liste de courses au téléphone en se curant les doigts de pied. J'ai été pris d'un frisson. Je me suis mis à surjouer : j'ai singé des gestes de waterpolo dans la piscine, j'ai éclaboussé Sophie pour faire rigolo, j'ai raconté des blagues lourdingues, dont celle du café préféré des espagnols - olé. Puis on s'est dirigés vers les bassins de plein air. Dehors, les murs étaient ornés de stucs aux motifs d'Orient ; des bambous nains poussaient dans les parterres. On dirait un peu le Vietnam, j'ai dit à Sophie, ou la Thaïlande, si tu plisses les yeux. Sophie a froncé le regard en direction des arbustes, puis du panorama. Une enseigne de supermarché barrait la perspective et un terril velu pointait à l'horizon. Bien sûr qu'on n'aurait pas dit le Vietnam, ni la Thaïlande, ni aucun autre pays aussi exotique fut-il. On aurait juste dit ce que c'était réellement : le patio d'un spa décati dans la banlieue de Toxcity. Sophie avait retrouvé son regard lointain des jours de fuite. Pour tout dire, il était étrange depuis notre arrivée. Il avait erré de salle en salle sans qu'une fois encore je ne parvienne à l'accrocher. Alors je m'étais planté devant elle pour l'empêcher de se soustraire et je lui avais demandé ce qu'il y avait, si c'était l'endroit, ou si c'était moi, ou autre chose, j'en sais rien, mais qu'elle me parle, car je voyais bien que quelque chose n'allait pas. Sophie avait relevé la tête. Mais évidemment que c'est pas toi, ni l'endroit, c'est pas vraiment ça. C'est difficile à expliquer, elle avait dit après un temps d'arrêt. C'est difficile à bien expliquer, en tout cas. Alors essaye de bien expliquer, j'ai réclamé. La dame au curetage de pied a poussé un gémissement béat en se glissant dans le jacuzzi. Quelques arpèges de synthétiseur new age ont résonné puis la soufflerie du spa les a engloutis.

C'est pas une chose en particulier, elle avait dit. Enfin, je sais pas. Parfois, c'est un peu tout, ou n'importe quoi. C'est cette vie-là, je crois, pas vraiment la mienne, mais en partie si. Je vois bien que pour beaucoup, ça passe sans problème. Je vois bien qu'ils la traversent sans trop s'arrêter, qu'ils ne butent pas continuellement sur n'importe quoi, ou que tout leur passe au travers sans que rien ne semble vraiment les heurter. Je dois être inadaptée, je sais pas. Ça me prend le matin souvent. J'entends le torrent de bagnoles qui gronde derrière la vitre. C'est ce que ça me fait : on dirait qu'elles fusent dans le vide. À 10 heures, on n'entend plus rien, puis le soir, il y a le torrent encore, puis de nouveau le néant. Et c'est cette ville aussi. Elle est tellement exiguë et tellement trop grande à la fois. Tout semble petit, ici, ou mesquin, ou jamais vraiment ajusté. Et tout est gris, les nuages, les murs, les bâtiments ; on dirait qu'à force, ils déteignent sur les gens. Ils sont gris aussi, les gens, si tu regardes bien, ils le sont réellement, blafards et usés. Moi ça me manque la lumière, j'en peux plus de cette chape qui pèse sans cesse au-dessus de ma tête, elle m'écrase, elle me tire vers le bas. J'y ai pas mal repensé, tu sais, et je sens bien qu'il faut que je reparte un peu, loin d'ici, vers le sud, elle avait dit. Et tandis qu'elle parlait, à l'intérieur de moi, ça s'était mis à brûler ; la distance qu'elle mettait entre nous, la hauteur qu'elle prenait tout à coup. Je l'aurais presque défendue, ma vie grise de plouc, je l'aurais brandie tel un étendard, je lui aurais composé un hymne, un chant de stade qui prend les tripes, et je le lui aurais chanté bien fort, la main sur le cœur, si je n'avais déjà fui sans regarder derrière moi.

Et pendant des jours, je l'avais jalousé cet ailleurs, ce n'importe où je ne me trouvais pas. Je le haïssais, son Sud plein de mythes et de rêves puérils. Ça pue la poubelle, le Sud, tout le monde sait ça, même s'il y en avait des comme elle pour faire genre. Elle n'avait qu'à aller y jouer la comédie si ça lui chantait, dans son Sud de pacotille, et qu'elle y emporte ses regards de mystères et ses mon ange hypocrites, je garderais pour d'autres moins bêcheuses ma carrière fantomatique et ses plongeons grisants. Oui, après quelques jours, je lui aurais bien écrit qu'elle pouvait se les coller au cul ses petits mots chuchotés du bout des lèvres et même se carrer notre romance avec, et j'allais le faire, si je n'avais reçu ce mot qui avait vibré à pic dans la poche de mon jean : viens. Un viens sans détour qui brillait telle une flamme entre mes doigts et consumait d'un coup mes doutes et la haine que j'en avais formée.

Je suis retourné à notre romance de la même manière que j'y étais entré : à toute allure. J'ai couru vers l'aéroport comme si ma vie en dépendait, et peut-être bien qu'elle en dépendait vraiment d'ailleurs, alors j'ai couru de plus belle dans le hall géant, au milieu des couloirs néon, et bientôt à travers les grands tubes de plexiglas sur lesquels s'agglutinaient les brumes que j'allais fendre quelques minutes plus tard pour rejoindre Sophie sous ce ciel qui ne les connaissait pas.

Le jour était bas lorsque j'ai retrouvé Sophie. Elle était couchée sur son lit dans la chambre inondée de chaleur, à demi assoupie. Je m'étais allongé contre elle et nous étions tombés dans un sommeil sans rêve. Quelques heures plus tard, c'était tôt le matin, on avait pris la route au volant d'une vieille tire cabossée louée à deux rues de la rade, qui donnait un parfum d'aventure à notre escapade. On voyait défiler la lagune sans fin en contrebas, et dedans de grosses plantes violacées entre lesquelles dansaient les poissons-chats. Sophie parlait et riait beaucoup de nouveau, puis la route a serpenté et on a grimpé sur un gros rocher coiffé de cactus géants. Sophie m'a demandé de m'arrêter pour faire pipi. Ne regarde pas, elle a crié en s'enfonçant dans les buissons, mais sois attentif, parce que j'ai la phobie des vipères et des scorpions. Et ça m'a fait des gargouillis d'amour, de la reluquer en coin combattre sa terreur dans les fourrés pour se présenter à moi sous son meilleur jour.

Elle avait mangé des crustacés aux formes impossibles le soir au restaurant ; elle me les avait fait goûter et je crois qu'elle avait de même décelé un geste d'affection en me voyant les engloutir sous ses yeux en grimaçant. Sophie se servait aussi dans mon plat, une petite bouchée, elle disait, et cette intimité me ravissait. Tout me ravissait là-bas, en réalité : son t-shirt délavé, la voir avec des tongues aux pieds, la table en faïence sur laquelle on mangeait, même les trucs moches ou carrément misérables que j'aurais dédaignés ailleurs, à commencer par chez moi : une mobylette qui fume tout bleu sur la route ou un bar de station-service complètement cracra. On était loin de tout, on était libres de tout. On faisait l'amour libérés avec des positions libérées dans la chambre d'hôtel et même sur le balcon depuis lequel ensuite, moites et ivres de notre pied de nez aux bonnes manières, on observait les collines se fondre dans le crépuscule, déjà nostalgiques de la journée qui venait de s'écouler. On se souvenait de la glace à la fraise qui avait coulé sur nos doigts et qu'on avait essuyés dans le sable brûlant, on se souvenait des fringues jetées en l'air dans un geste théâtral avant de plonger dans la mer, des baisers qui goûtent le sel et des cris des ados qui s'aspergent d'eau glacée dans les douches publiques de la jetée. De notre chambre, on pouvait voir la baie et même une fois des dauphins folâtrer entre les rochers. Sophie avait dit qu'on pourrait rester là quelque temps : on n'aurait qu'à vendre des granitas aux touristes qui se baladaient sur la jetée. C'est pas mieux ici, elle avait dit, mais au moins c'est pas aussi laid. On n'aurait pas besoin de grand-chose pour vivre : une chambre, et une fenêtre d'où on aperçoit le rivage ou les champs d'olives qu'on irait récolter à l'automne si l'argent venait à manquer. Ça me foutait parfois bien les boules de l'entendre rêver, comme si tout ne tenait au fond qu'à se carapater. Je me suis remangé quelques bouffées de jalousie noire, comme ça. Il est arrivé que j'enrage pendant la nuit entière, en repensant à toutes les caisses qu'elle pouvait faire de son sud esthétisé. Un matin, j'ai même failli lui dire, sur la route de la plage, que si elle trouvait ça tellement exotique, les poissonneries qui blairent, il y en avait une qui refoulait pas mal à deux cents mètres de chez moi. Je me suis passé la phrase dans la tête deux fois et je me la suis vite ravalée. J'en étais encore capable à cette époque-là.

Les jours ont passé et le temps semblait s'être arrêté. Les autres devaient être en train de travailler chez nous ; sans doute même qu'il y pleuvait, mais on y pensait à peine, à l'instar d'un souvenir vague ou d'une fiction lointaine. À un moment, j'étais presque devenu volubile ; la rupture avec mon ancien monde avait aussi brisé ces chaînes-là. J'ai parlé à Sophie de ma vie d'avant. Je lui ai expliqué l'adolescence morose, les foirages amoureux ou mon père plein de bile. Il y avait eu cette fois où il était rentré à la maison en puant la fureur comme jamais, on l'avait senti de suite, ce jour-là, qu'on n'allait rien pouvoir faire d'autre qu'attendre que tombe le couperet ; qu'il lui lâche une vacherie, à la mère, parce que c'est ce qu'il faisait dans ces moments-là, s'en prendre à sa mégère. C'est ainsi qu'il la voyait alors, telle une tortionnaire, une harpie qui l'enfermait dans une vie mesquine qui ne lui rendait aucun des efforts qu'il déployait pour s'en émanciper. Et dire que pendant qu'il se crevait la paillasse, elle allait jouer à la Madeleine chez le curé puis à la lady au village, sauf qu'elle pouvait de suite arrêter de péter par-dessus son cul à l'épicerie si c'était pour faire une soupe aussi dégueulasse. Elle goûte la flotte, ta soupe, il avait persiflé, elle est brûlée, c'est de l'eau bouillie, et tant qu'on y est, il avait ajouté sans aucune autre transition que la haine qui lui dégoulinait des lèvres, la chemise que tu m'as reprisée (il en agitait les manches tout à coup), elle me pend encore de partout, j'y flotte comme un gosse, il y a même des collègues qui m'ont appelé Simplet. Toute la journée, je me suis fait emmerder, il avait dit, toute, moi qui dis oui à tout ce qu'on me demande sans jamais moufter. Ah, mais ça, il n'y a jamais personne pour me remercier, personne, même pas elle, ne serait-ce qu'avec un peu d'épices ou un cube de bouillon. Sans doute que Madame était trop occupée à réciter son chapelet de merde, il avait lancé. Chapelet de merde, il avait répété, et Dieu de con, il avait ajouté, mais rien pourtant ne semblait l'atteindre, ma mère, même Dieu de con, tellement elle était immaculée, à un tel point qu'il lui aurait bien craché du vrai fiel à la gueule pour voir si ça aurait entaché sa pureté.

Et voilà qu'elle se mettait à sourire, la mégère, et ce sourire lui faisait comme un coup de poing dans l'estomac, au vieux, un énorme coup de poing lancé de tout son poids. Il fallait qu'elle le ravale, son sourire, vite avant qu'il n'explose. Baisse ton sourire, il lui avait sommé du haut de ses trois pommes, baisse-le ou c'est moi qui vais te le baisser, mais il avait suffi qu'il le lui intime pour qu'elle sourie plus encore, et bientôt grimace un rictus abominable qui lui mangeait le visage entier. On ne voyait plus que ce monstrueux sourire, de honte, de haine ou de défi dans toute la pièce, et moi, derrière, qui souhaitais le plus au monde du haut de mes treize ans lui crever les yeux à coup de cuiller, au père, lui écraser la gueule à coup de bottes, de caillou, de boîte de conserve ou de n'importe quoi qui serait passé entre mes doigts. Peut-être qu'il se la serait moins ramenée avec le goût de sa soupe, le vieux, et qu'il aurait fermé son grand claque-merde la prochaine fois qu'il n'en aurait pas goûté l'assaisonnement. Mais je ne me faisais pas d'illusion, je savais que ce serait moi qui finirais en miettes si j'esquissais ne serait-ce qu'un geste en sa direction. Alors c'est tout ce qui m'était venu, moi seul et minuscule devant eux : devant moi sur la nappe cirée, la casserole de bouillon fumait. Ce fut presque mécanique, je l'ai saisie par les anses et l'ai levé, tremblant, par-dessus ma tête, puis d'un coup me la suis renversée dessus. Ça brûlait, ça brûlait à crever, j'avais secoué mes cheveux et la soupe avait dégouliné comme de la lave sur mon visage, je ne voyais plus rien, mais les cris s'étaient arrêtés.

Je vais aspirer ta cicatrice, Sophie avait chuchoté par-dessus le bourdonnement infernal de l'avion. Elle avait approché son visage du mien, posé ses lèvres sur la tache rosée qui fardait ma tempe, et là-haut au milieu de nulle part, on aurait dit qu'elle l'avait aspirée.

4

Évidemment qu'on n'allait pas rester faire des granitas en bord de mer. Ni y ramasser des olives, d'ailleurs ; il n'y en avait pas d'olives, là-bas sur la côte, juste quelques arbres à nèfles et de gros buissons épars dans la lande derrière. Et à notre retour, si on virevoltait toujours entre les taxis et dans les queues de cinéma, il y avait quelque chose d'emprunté dans nos pas, comme si on répétait une fois de trop une danse qu'on connaissait sur le bout des doigts. Notre décor lui aussi semblait avoir un peu fané, ou peut-être la ville n'avait-elle pas changé d'une once, et c'est ce qui nous la rendait à ce point insupportable. Alors peut-être parce qu'on craignait de s'épuiser sur notre scène décrépite tel un vieux duo comique dans un numéro éculé, on a peu à peu abandonné nos chorégraphies de rue pour finir par ne plus quitter mon petit foyer. Là-haut dans mon appartement, pendant que sous nos pieds les Congolais faisaient la bringue dans leurs bars calfeutrés d'un soleil qui ne venait jamais, je me mettais à cuisiner des plats que je ratais les uns après les autres. Je mélangeais du miel et des carottes, des carottes et du lait, je carbonisais des anchois, je les enfouissais sous les épices, et tout avait la saveur merveilleuse du don de soi. On va noyer ça dans un verre de Pinot grigio, Sophie disait en roulant le r à l'italienne, et ce r qui chantait dans la vapeur de la cuisine nous faisait oublier que la vapeur était partout autour et que ce n'était pas de la vapeur mais un gros nuage de crasse qui coiffait en permanence la ville qu'on avait échoué à fuir. On vivait dans une petite bulle que je rêvais parfois de voir s'élever haut dans le ciel, loin de toute contrainte ou bonne manière. On s'y baladait avec des fringues trouées et des gueules de cul, et on adorait ça, s'habiller comme des culs, ça faisait partie du plan-bulle, avec l'odeur de nuit qui colle au tissu, les boutons d'acné que dessous on ne cache plus, et même l'humeur bougonne qui va avec lorsque le jour paraît, toutes ces choses si délicieusement quelconques qu'elles nous donnaient la sensation d'être définitivement dans le vrai.

C'est quelque chose que j'ai aimé d'emblée chez Sophie lorsque je l'ai rencontrée. Dès le premier soir, je l'ai ressenti comme ça : elle flottait par-dessus la mêlée. Par procuration ou par ricochet, très vite dès que l'ai fréquentée, elle m'a donné l'impression à moi aussi de me rehausser. Je lui ai emprunté beaucoup, pour tout dire, au fil des mois. Je me suis servi à pleine mains dans son répertoire de finesse et de bon goût, je me suis mis à utiliser les termes postmoderne et altérité, j'ai même été capable de restituer correctement ses notions de philosophie du Japon. Au fond, même si ça me faisait me sentir un escroc, vivre avec Sophie m'élevait vraiment. Mais il arrivait aussi que je m'offense de la hauteur ou de l'avance qu'elle continuait de prendre sur moi. Parfois, quand je commettais une faute de syntaxe, un impair ou une simple erreur, Sophie la soulignait avec un air railleur. Au début, ça tenait surtout du jeu, c'était sa manière de gonfler les plumes devant moi, je crois, et dans les faits, moi aussi j'en avais pris le parti en lui renvoyant une réplique bien sentie ici et là. Mais avec le temps et la répétition, le jeu avait pris un goût amer. Bientôt, quand elle me corrigeait, j'avais l'impression d'essuyer une gifle dont la malice coupait court à toute protestation et par avance la ridiculisait.

C'est un peu sirupeux, non ? je me souviens encore de ses mots. Elle avait baissé le volume de l'autoradio que je venais tout juste de monter puis s'était mise à envoyer des textos. Ça faisait quatre mois tout pile, ce jour-là ; on avait passé une fois de plus l'après-midi dans les bois. Quand j'étais gamin, des amis de nos parents possédaient une espèce de roulotte avec un barbecue et des chaises en plastique au bord d'une rivière. Dans mon souvenir, l'endroit avait quelque chose de très poétique et j'avais voulu y emmener Sophie, mais après avoir longuement tourné dans la cambrousse, on avait fini par échouer sous les piles d'un gros viaduc sous lequel coulait un petit pipi. On avait fumé une clope pendant que j'essayais de nous repérer sur mon téléphone, et puisque je n'y arrivais pas, on s'était finalement contenté de ça. Sur le chemin du retour, j'imagine que j'avais envie de compenser. À force, il me pesait de jouer à Monsieur Jardins-et-Forêts, alors j'avais mis ce disque de reprises pop par un chœur a cappella dont je m'étais dit qu'il sonnait un peu raffiné. Il y avait eu un Beach Boys passable, un Beyoncé très sur la corde, puis un U2 qui avait fait déborder le vase. C'est un peu sirupeux, non ? elle avait demandé par-dessus le chœur final *With or Without You* fredonné. J'avais regardé la pochette, je me souviens du lettrage très moche en 3D et des choristes en chemisier pastel qui émergeaient dans le clair-obscur. Ce n'était pas sirupeux, c'était carrément dégoulinant, je l'entendais maintenant, tandis que les notes ruisselaient des haut-parleurs sur le plancher où je tortillais mes doigts de pied. Une fois de plus, j'avais hésité entre rire et m'offusquer. Je m'étais retourné vers Sophie, et cette fois elle n'avait pas souri. Mes oreilles avaient chauffé d'un coup, mes narines s'étaient dilatées. On arrivait en ville, droit sur les embouteillages. C'est tout ce qui m'est passé par la tête : j'ai braqué le volant vers l'accotement en écrasant le frein et j'ai sauté de la voiture presqu'en marche sans même fermer la portière. J'ai entendu Sophie crier mon nom tandis que je m'élançais à travers la ville, rageant de ma propre bêtise et de la distance que je ne cessais de creuser entre nous, et au fil des minutes, puis de ses appels que je rejetais tous alors, tout retour devenait impossible et plus impossible encore.

Peut-être que ça a commencé comme ça, avec des mots et des gestes dont on ne mesurait ni la teneur ni la portée, à l'entrée d'un cinéma, à l'arrière d'une cuisine ou au volant d'une voiture en début de soirée. Ça a commencé avec des paroles inconséquentes, et puis pas tellement au fond, car une fois semés, les mots s'étaient mis à vivre leur vie propre dans l'obscurité.

L'été est finalement arrivé, tout d'un bloc très dense, une masse compacte de chaleur intense qui d'un coup s'engouffre dans les avenues dont elle déloge les passants. Tout fonctionnait au ralenti ou ne fonctionnait pas : services de bus réduits, horaires de travail adaptés, devantures fermées. Les rares concentrations d'activité s'observaient au parc, protégé des bourrasques de chaleur par sa position sur les hauteurs. On en parcourait lentement les allées ou s'y arrêtait parfois pour y déjeuner. On y vivait avachi dans le gazon roussi en attendant que la fièvre générale retombe avec la nuit. On l'a souvent fait, Sophie et moi, près de la fontaine qui crachotait sa fraîcheur dans l'insoutenable touffeur. Je la regardais tandis qu'elle lisait. J'observais l'air perplexe qui marquait son visage lorsqu'elle tournait les pages, ses paupières plissées, son nez qu'elle fronçait comme si elle vivait avec eux les tourments de ses personnages de papier. J'observais ses bras longs et fins, ses épaules nues, la cicatrice croissant de lune sur son omoplate et les grains de beauté parsemés autour. J'en connais la disposition presque par cœur : trois en triangle mort aux vaches sous la nuque, une tache sur l'épaule et une pincée dans le creux de l'aisselle. Je connais l'empreinte de ses cicatrices, la courbe de ses hanches sous mes mains ; je sais ce que signifie sa bouche lorsqu'elle la retrousse ou quand elle fait craquer ses poignets. Parfois, certains de ses mouvements, je peux les anticiper.

On avait pénétré dans une église au retour pour tenter d'échapper au brasier. C'était un édifice vétuste et brumeux de poussière aux fresques presqu'entièrement dissimulées sous une pellicule cireuse qui incrustait jusqu'aux marbres et aux laitons. Sur les bas-côtés, des soutanes exposées, vert-de-gris ou cramoisies, étaient recouvertes de la même encaustique étrange ; Sophie m'avait abandonné une seconde pour les observer ; je m'étais assis dans une travée. J'avais fixé l'autel de la même manière que je l'avais fait des centaines de fois, lorsqu'enfant j'accompagnais ma mère à la messe, tentant de dissimuler mon incommensurable ennui derrière cet air dévot qui la charmait tant. Je les avais en horreur, cette farce ridicule, et la crédulité incroyable de maman. Un jour d'été torride, elle m'avait emmené assister à une célébration en plein air dans le Lourdes wallon, une pissotière au milieu de la fange où une petite fermière avait eu une apparition. La tête nue sous le soleil blanc - j'avais rechigné, trop fier, de m'abriter sous l'ombrelle de ma mère -, j'étais tombé presque évanoui en plein Agnus Dei. Mais même lorsque, une heure plus tard, le docteur diagnostiquerait une vilaine insolation, ma mère n'avait pas pu s'empêcher de me croire frappé par une sorte de révélation sacrée : le soleil aussi est l'œuvre du Seigneur, elle avait rétorqué, piquée, au toubib tandis que de nouveau je défaillais. Mais malgré ma détestation, la foi de ma mère m'a longtemps hanté. Je cherchais des signes dans le reflet des vitraux ou dans le regard du grand Christ furieux qui surplombait le chœur. Allez, Jésus, vas-y, dis un truc, fais un bruit. Je me retournais vers ma mère, aux paupières vibrantes, puis vers Jésus de nouveau, mais rien, jamais ; la messe se termine, le goûter dominical va suivre, puis le *Weekend Sportif* : le putain de silence des centaines de dimanches muets.

Le plancher a craqué à côté de moi ; Sophie me regardait avec des gros yeux idiots exprès. Je sentais que je devais lui dire, depuis un petit temps déjà. Je m'étais entraîné une ou deux fois chez moi dans la glace : je t'aime *carpe diem,* je t'aime ténébreux, je t'aime mélancolique, je t'aime plein de promesses. C'est le je t'aime tout court qui était sorti comme un petit crapaud de ma bouche, résonnant bizarrement sous la nef sans que je m'y sois attendu.

J'avais continué à dire je t'aime. J'en marquais les accents, j'en soulignais les sonorités ou les variais légèrement ; je tentais d'en conjurer la lente déliquescence. Mais chaque nouvelle déclaration semblait creuser davantage la dernière pour en vider irrésistiblement le contenu et n'en laisser qu'une formule rhétorique qui disait ça va ? ou salut ! Oui, tout paraissait très lentement se dissoudre et parfois se révéler dans son réalisme cru. Je le voyais à travers ses yeux, je l'entendais au fond de ses soupirs, qu'elle s'offusquait des tenues indignes que je m'obstinais à porter le dimanche, qu'elle se fatiguait de mon incompétence culinaire ou de mes discours niais sur les futaies et les sapinières. Moi-même je m'irritais quelque fois de sa prononciation emphatique de Pinot grigio et de son r roulé à tort et à travers même pour parler d'une piquette de supermarché ; de son apologie du panettone, qui n'est qu'un pain au sucre à la con, ou de cette manière qu'elle avait de tout théâtraliser. Jouer des coudes entre les taxis commençait doucement à faire chier, sans parler de notre manie de tout discutailler avec notre indignation de pacotille, comme si, au fond, nous n'étions pas totalement d'accord sur tous les lieux communs de notre petit entre-soi. Désormais, on parlait moins dans les files de cinéma.

Je l'ai rencontré chez le légumier près du canal, tu dois voir qui c'est, un grand gars aux yeux clairs à l'air sauvage, elle avait dit en gloussant. J'avais fait mine de pas voir, bien sûr, mais je voyais parfaitement : il avait l'air absolument sauvage, Alexandre, avec sa peau tannée et son regard bleu plongé dans l'horizon. Il avait l'air d'un de ces types qui décident d'envoyer tout valdinguer sur un coup de tête pour aller parcourir la Birmanie en autobus ou traverser le Népal à vélo ; un de ces types avec lesquels des petites mains zélées comme moi ne pouvaient décemment pas rivaliser, puisqu'Alexandre, dans les faits, avait réellement fait l'Asie du Sud-Est à bicyclette pour terminer en stop à Katmandou tandis que je végétais entre deux rayons de chaussures de rando qu'un gars de son pedigree n'aurait jamais daigner porter. Des amis de Sophie organisaient ici et là des pique-niques qu'ils appelaient déjeuners sur l'herbe. Ils y partageaient bons mots, Prosecco glacé et fromages bios. Et Antoine y avait lui aussi été convié cette fois-là. Sophie m'avait laissé en plan pendant près d'une demi-heure pour aller s'abîmer dans ses beaux yeux azurés. Sans doute qu'elle devait y voir scintiller l'éclat de la mer d'Andaman, un morceau de ciel de l'Annapurna ou un truc poético-aventuresque du genre, si ce n'est qu'il n'y avait probablement que sa bite qui reluisait derrière son iris, j'avais voulu lui dire à Sophie, parce qu'Alexandre, cela ne faisait aucun pli, il puait le sexe à plein nez. On le sentait des mètres à la ronde déambuler entre les convives comme s'il était dirigé par un radar à cul, tel qu'on finissait par se demander si sa propension à la bourlingue n'avait d'autre but que d'épandre sa semence dans tous les coins.

Les amis de Sophie parlaient aussi de philosophie et utilisaient des mots en post- et en -ité. Ils portaient de belles fringues ou avaient une allure étudiée qui me donnait envie de disparaître sous le veston en tweed que j'avais mis pour faire intello mais me donnait des airs de contrôleur des impôts. Mes potes à moi, qui n'avaient simplement aucun look, je les voyais une fois par mois à la buvette d'un ancien club de cyclisme en préfabriqué plein à craquer de vieux trophées, de fanions, de posters de coureurs locaux coulés depuis trente ans dans les cloisons, et donnaient au lieu un charme savoureux de folklore wallon. Je m'étais gardé d'y emmener Sophie dont je n'étais pas certain qu'elle goûte au pittoresque, ni aux insultes qu'on s'y lançait - pédé, face de couille ou la crouille - pour s'accorder à l'esprit du lieu. C'est un truc souvent incompris des citadins, le second degré, à cause de leur propension plus marquée à se prendre au sérieux ou d'une sorte de méfiance de la dégénérescence rurale, mais c'était notre manière à nous de se montrer notre affection. Là-bas, avec mes potes, j'ai jamais su l'expliquer, je me sentais en sécurité ; on s'en foutait bien de ce qu'on pouvait dire ou de ce qu'on pouvait faire, même de ce qu'on était devenus, il y avait ce lien ancien entre nous et on n'avait pas besoin de plus.

Une des copines de Sophie avait quitté un des petits groupes rassemblés dans le parc et s'était approchée de moi. Adélaïde elle s'appelait, qui n'avait pas plus que du prénom la tête à apprécier un face de couille affectueux ou la biture dans un club de vélo, ou alors juste une fois, par hasard, et en trouvant ça très folklo. Elle m'avait demandé si je bossais dans le secteur créatif, relativement à mon veston bouffant, je suppose, et avait fait une tête navrée quand je lui avais annoncé que j'étais plutôt en rayon à Decathlon. C'est intéressant, elle a dit ; sous-entendu c'est intéressant qu'une fille comme Sophie se tape un naze comme toi, avant que je ne prétexte une urgence imaginaire de stock de chaussures pour m'échapper, téléphone en main, au milieu des magnolias qui sentaient si bon le magnolia, ainsi que s'en extasiaient les amis de Sophie entre deux gorgées de Prosecco, dont ils se mettaient eux aussi, ivresse aidant, à rouler le r. Le reste de la journée s'avéra plutôt moribond, en partie à cause de l'idée pas du tout mystère ni aventure que j'avais eue de reprendre dans le bus la partie de Farmville que j'avais débutée en esquivant Adélaïde, ce dont s'était fatalement irritée Sophie qui, flottinant encore au milieu des ruelles polychromes de Taunggyi, s'était brutalement vue rappeler à la déliquescente réalité occidentale par de ridicules mugissements de bœuf numérique et, derrière, mon air franchement contrit.

Tu penses à lui, je le vois bien que tu penses à lui, je lui avais dit plus tard quand l'espace d'une seconde son regard s'était mis à vaguer. Et bien sûr qu'elle s'était mise à penser à lui. Elle pensait à lui à chaque fois que je lui en parlais, c'est-à-dire assez souvent désormais. Peut-être qu'elle pensait à lui dès le déjeuner, à quatre heures, et le soir encore quand elle se couchait ; qu'elle tentait de sentir à travers mon corps celui d'Alexandre, doux et rugueux, ce corps au goût de danger et d'Orient. Peut-être qu'elle fermait les yeux très fort pour ne pas me regarder, moi et ma grande carcasse si lisse quand on s'aimait ; j'ai cru la voir détourner la tête un soir, après avoir croisé mon regard. Je me suis vu suant, rougeaud, par-dessus son corps. Tu penses à l'autre connard ténébreux, je me suis dit, mais je vais t'en donner moi des ténèbres si t'en veux, des vraies, des bien sombres. Je vais te montrer ce que c'est le sauvage, le vrai. Parce que je pouvais la baiser de toutes mes forces si c'est ce qu'elle désirait. Je pouvais la sauter comme un animal, comme un chien, la retourner d'un coup de rein contre la tête du lit, la replier sur ses quatre pattes et la pilonner. Et c'est ce que j'avais fini par faire, empli de ma rage de bête, pour la renverser une seconde fois et enfin fixer mon regard au fond du sien.

Elle avait ouvert ses yeux très ronds, et les lèvres serrées, et m'avait regardé longuement pendant que, seul, je jouissais.

Sophie avait disparu à mon réveil. L'échine parcourue d'un frisson, je m'étais habillé et j'avais marché très vite vers le fleuriste où j'avais acheté de grandes fleurs, des lys, très clairs et lumineux, qui épongeraient toute la saleté dont je l'avais éclaboussée. À son retour quelques heures plus tard, j'avais disposé le bouquet dans un vase avec juste devant un post-it en cœur sur lequel j'avais écrit pardon en lettres attachées. J'avais jeté quelques confettis autour et trois mini-nougats qui traînaient dans mon pantalon. Sophie n'était pas parvenue à s'empêcher de rire : tu es mignon, elle avait gloussé, et ce mignon gloussé semblait avoir remis les compteurs à zéro. Les jours qui avaient suivi, j'avais fait plein de trucs mignons et je me délectais de la ravir de mes mignonneries. J'en jouais même un peu, je jouais au mignon. Dans son assiette le matin, je variais les thèmes de la composition amoureuse : j'écrivais nos initiales avec des amandes ou je dessinais des étoiles en gouda. Je l'attendais à nos rendez-vous avec de nouveaux bouquets, de grosses roses rouges, des jaunes ou des camélias et j'enroulais mon écharpe autour de son cou lorsqu'elle disait avoir froid. L'automne avait fini par arriver d'un coup et c'était vachement plus facile d'être mignon en automne. On pouvait faire des trucs avec nos cheveux dans le vent ou avec nos pieds dans les feuilles mortes, et puis la ville sentait bon la châtaigne grillée et on y avait mis des loupiotes partout pour faire féérie. Parfois, je l'appelais chérie pour déconner, puis j'ai vraiment fini par l'appeler chérie vraiment.

Il a été question de rencontrer sa mère, car Sophie craignait qu'elle ne se vexe d'avoir été tenue à l'écart de notre histoire. Cela tenait évidemment surtout du symbole ; la rencontre avec la mère, c'était un rite de passage. C'était sans doute pour ça qu'elle était si nerveuse, Sophie, j'avais pensé, lorsqu'on avait pris la route du meublé que Gisèle louait dans la périphérie. Puis Sophie avait fini par dire d'une voix blanche, quand j'avais pris sa main moite dans la mienne : elle est un peu spéciale, ma mère, elle est un peu vulgaire, parfois.

Et vulgaire était assurément un euphémisme, car Gisèle, lorsqu'elle avait ouvert sa porte, semblait tout avoir de la vieille cagole. On n'aurait pas imaginé ça, cette jupe trop courte, trop serrée sur ces jambes malingres, ce maquillage criard appliqué, non, flanqué sur ses paupières et ce parfum diffus de clope et d'alcool du petit matin. Gisèle parlait beaucoup, avec sa voix éraillée de Jeanne Moreau. Elle se plaignait pas mal aussi : de son dos qui la lançait, de ses pannes de réfrigérateur ou de ses voisins qui faisaient la fête à pas d'heure - des kazakhs ou des turkmènes, qu'elle prononçait truc-même tandis que Sophie se liquéfiait à vue d'œil. Mais elle ne voyait pas sa fille, Gisèle. Dans l'écart qui la séparait de moi, qu'elle réduisait lentement en déroulant son tapis de niaiseries, Gisèle ne semblait percevoir Sophie que comme un obstacle, un lampadaire mal placé ou un tabouret. On aurait presque dit qu'elle minaudait.

C'est pas que j'y aie vu une revanche, loin de là, ni même une compensation, mais j'avoue : j'ai aimé voir que Sophie et moi, au fond, on sortait du même boxon. J'avais pensé : peut-être que c'est pour ça qu'elle a tant besoin de crâner, c'est pour ça, toutes les couches qu'elle remet, et ça m'avait vraiment touché. Sa mère n'avait rien de méprisable au fond, rien de plus que n'importe qui ici ; il y avait pas de raison de s'en faire une honte en tous cas : c'est mignon ce même sourire charmeur que vous avez toutes les deux, je lui avais lancé lorsqu'on repartait vers chez moi.

Je ne suis pas certain d'avoir senti le souffle glacé qui avait empli l'habitacle, ni même d'avoir remarqué qu'il nous poursuivait dans la rue après. Je crois que je l'avais oublié tandis qu'on marchait. Je sifflotais à travers les passants, je les évitais en chaloupant : un groupe de gosses avec une balle, un gros monsieur à moustache, deux clodos avinés au coin de la rue que je contournais d'un pas de danse. J'avais déjà oublié, c'est vrai. Et je ne saisirais rien lorsque Sophie finirait par exploser : ça te fait marrer, la misère ? elle avait lancé avec dans la lèvre un rictus qui donnait l'impression qu'elle retroussait les babines. Ton insouciance, elle avait ajouté avec tant de dégoût dans la voix. Ta bêtise, elle avait dit encore, comme emportée par son aigreur. Son regard suintait de rage. Mais tu perds la tête ? je lui ai lancé. Et mes mots lui ont fait exactement l'effet escompté : elle avait perdu la tête. Et une seconde plus tard elle hurlait à moitié, au milieu de la rue, que je n'était qu'un imbécile, un désinvolte, un insensible profond et même, un sale con. Tu te crois mieux que les autres, toi le paysan ?

5

Chaque année à Pâques lorsque j'étais gamin, j'allais passer quelques jours chez mes cousins, David et Michou, ils s'appelaient, de faux jumeaux de quelques mois mes aînés, avec lesquels on faisait de longues sorties dans la campagne qu'on se représentait telles des expéditions en jungle hostile ou en forêt profonde. Équipés comme des explorateurs, on passait des journées entières à fendre les taillis à la recherche de cités disparues ou de trésors enfouis. Un matin, Michou avait suggéré d'aller voir la mare au loup. C'était une grosse flaque malodorante au pied d'un chêne à deux kilomètres du village, dont on avait dit qu'une bête hirsute de près d'un mètre au garrot s'y était abreuvée. L'histoire datait de bien avant la guerre ; elle n'était attestée par rien d'autre qu'un vague on-dit folklorique, mais pour nous, ça suffisait à faire de la mare un lieu de mystère, de danger, et donc le prétexte à une grande épopée. On était passé chercher leur copain PotPot, qui connaissait un raccourci, puis on avait pris la direction de la forêt. Il avait plu à verse la veille. Le sentier n'était qu'un long trait boueux ; je portais les mocassins à semelle lisse que ma mère trouvait très distingués et moi particulièrement horribles, et je patinais derrière, franchement balourd. PotPot, qui était un peu espiègle, a semblé faire deux-trois feintes à mon sujet en me regardant en coin. J'ai vu les jumeaux se marrer et presser le pas, puis au détour d'un virage, ils avaient disparu tous les trois. Je ne connaissais pas le coin aussi bien qu'eux, et me retrouver seul à l'orée de la forêt me foutait la crotte au cul. J'ai commencé à me hâter en musant un marabout, bout d'ficelle de panique, puis quasi à cavaler, selle de cheval, cheval de course, lorsque dans le sous-bois, une corneille a croassé. J'ai ripé sur un gros galet visqueux et j'ai mouliné longtemps dans le vide avant de terminer dans la gadoue. C'est à ce moment que les trois autres ont reparu. Ils étaient juste partis chercher des bâtons, ils avaient dit, qu'ils agitaient devant moi avec des gestes de Samouraïs. Je me suis relevé, plein de merde et de honte, puis, d'un coup très décidé, j'ai déraciné un arbuste et j'ai commencé moi aussi à faire de grands gestes d'escrime en poussant des cris - Yaaa, Tzaaa et Wééé. Mon sabre, en réalité, ressemblait à un grand brocoli, et PotPot a ri. Alors j'en ai remis une couche et faucillé de plus belle. J'ai senti couler sur moi leurs regards admiratifs ; ou peut-être inquiets, et ça m'a galvanisé. Regardez ma force, j'ai crié, en m'approchant de PotPot pour terminer par le Z de Zorro sous son nez. Le premier trait est passé nickel ; le deuxième pareil, c'est au troisième que ça a merdé : PotPot a pris mon brocoli en pleine face et s'est effondré. Le temps que je comprenne ce qui se passait, il hurlait, la gueule dans les fougères ; mes cousins avaient ricané une fois de plus sottement. Moi, je me tenais raide, puis j'avais ressenti une fois de plus l'irrésistible envie de faire dans ma culotte. Culotte d'homme, homme d'égout ; PotPot, toujours hurlant, s'était relevé le visage en sang.

De retour chez moi le soir-même, ma mère m'attendait seule sur le pas de la porte. Ses traits d'ordinaire si doux avaient subitement raidi. PotPot, qui s'était blessé en chutant sur un caillou, avait dû subir deux points de suture. Je l'avais fait exprès, il avait soutenu en dépit de mes protestations, et mes cousins qui s'étaient déjà pris un énorme savon n'avaient pas osé broncher. Au téléphone, ma tante avait aussi fait la grosse tête à ma mère : tu ferais bien d'avoir ton gamin à l'œil, elle avait grondé. Au village, on en a connu un comme ça : une petite brute dont même les parents n'arrivaient pas à être maîtres. Adolescent, il a fini par les passer à tabac avant d'être placé dans un centre fermé. Et ma mère s'était émue de la mise en garde de sa sœur mais aussi un peu irritée du sermon de son aînée, toujours si prompte à la discréditer. Lorsque j'avais pénétré dans le salon à sa suite, je sifflotais ; ce n'était pour moi qu'une manière de rompre la chape de plomb qui pesait sur l'atmosphère, mais dans les oreilles de ma mère, la mélodie sonnait telle une provocation et le signe de cette déviance qui menaçait. Il y avait son mari, imprévisible et coléreux, son aîné, fiévreux et indocile, et maintenant son cadet ; et tout cela lui faisait à l'estomac une boule étrange d'aigreur et d'effroi. À peine avait-elle eu le temps de peser les mots qui se bousculaient dans sa tête qu'ils étaient sortis de sa bouche, secs et tranchants : tu finiras en prison.

Les présentations avec la mère de Sophie et la Bérézina qui avait suivi avaient laissé place à un long froid auquel avaient succédé les excuses de Sophie par SMS, puis les miennes de vive voix. On s'était serrés fort par-dessus la table du bar où on s'était donnés rendez-vous et on avait chacun affirmé ne pas savoir ce qui nous avait pris, même si, dans les faits, nous savions quand même un peu. On en est restés là et nous n'y sommes jamais revenus. La vie a repris son cours dans notre bulle, même un rien fêlée ; je continuais à m'exercer à la cuisine et Sophie à la rehausser à coup de vins italiens. Mais quelque chose avait changé. J'ignore si c'était notre engueulade ; peut-être c'était mon regard : Sophie, on aurait dit qu'elle ne mettait plus de barrières à mon égard. Elle semblait dire tout sans plus de retenue. C'est beau, comme elle disait tout, c'était comme la vraie vie mais en plus vrai. Pourtant, parfois, je me troublais de son émoi et de l'usage débridé qu'elle en faisait. Je continuais à essayer de parler plus qu'avant, mais je ne parvenais pas à m'ouvrir vraiment. Ce n'était pas tant que les mots restaient bloqués, c'était que je n'en trouvais parfois aucun pour identifier mon ressenti, ni même de ressenti du tout. C'est juste être rationnel, je disais à Sophie, et elle me satisfaisait pas mal, cette définition de mon black-out émotionnel.

Mais il y avait aussi les soupirs, les gestes impatients et les yeux qui - j'en étais presque certain - se levaient plus souvent au plafond en me regardant. Puis il y avait sa mélancolie, et la mission que je m'étais donnée de l'estomper. Je me complaisais dans cette tâche ; lorsque Sophie s'écœurait du monde ou qu'elle disait se sentir comme la dernière des merdes, je pouvais lui offrir des bras dans lesquels s'abandonner, et j'aimais qu'elle s'y abandonne, ça me faisait me sentir un héros. Sophie s'était avérée moins Sophie qu'il n'y paraissait. Dans mes bras elle semblait fragile parfois. Je multipliais les gestes pour éclaircir son quotidien. J'ai préparé deux fois son repas, des sandwiches-minceur aux œufs, tomates et avocats ; je lui ai fait ses courses aussi, et un jour, j'ai même fait un ménage surprise dans son studio, quand bien même elle n'y vivait quasi plus et qu'elle n'aurait jamais osé me le demander. Mais ça ne semblait guère combler la tristesse ni l'amertume. Au contraire, je crois, il suffisait parfois que je lui tende la main pour que Sophie s'enfonce plus encore dans la noirceur. Parfois, elle tempêtait au milieu de rien ou de nulle part, elle se mettait en rogne sur le premier truc qui contrariait son chemin et peu importe que ce soit moi ou autre chose.

Je me souviens très bien de la première fois ; c'était peu de temps après notre rencontre. Ça m'avait marqué car mon frère agissait exactement pareil à la maison : on regardait tranquilles une connerie à la télé, puis d'un coup sans crier gare, il me lançait putain vire tes pieds qui blairent ou arrête de souffler. Je crois que c'était pas tant ce que j'avais pu faire, non, c'était ma gueule ou ma présence, c'était moi. Parfois, il ne savait juste pas me piffer. Évidemment j'avais nulle part où planquer mes panards, plutôt propres de surcroît, et je ne pouvais décemment pas arrêter de respirer. Je me repliais en retenant mon souffle, priant pour que ça passe mais il trouvait toujours autre chose, comme quoi je l'empêchais de se concentrer sur la série ou d'entendre ce que Kubiac venait de dire à Mikey.

Et ça avait été exactement pareil avec Sophie cette fois-là, la toute première. Je ne faisais rien, j'étais simplement là, mais d'un coup elle semblait s'offusquer de me voir remuer, que je renifle ou que je traîne dans ses pieds. Ça m'avait fait exactement comme avec mon frère, c'était pas tant les mots ; le plus dur, c'était les yeux. J'y lisais la même haine soudaine, le même dégoût. J'ai beaucoup repensé à ce jour-là. Souvent je me suis dit que rien ne serait jamais arrivé si j'avais trouvé le courage de ne pas m'écraser.

J'ai retenté une seconde fois le coup du ménage-surprise peu après la première. Trois semaines avaient passé depuis nos retrouvailles post-Gisèle, on était en novembre, je me souviens de la sensation de froid mouillé du nord qui transperçait ma peau. Mais tandis que j'attendais qu'elle s'en réjouisse, Sophie avait paru contrariée : ça m'embarrasse que tu joues au domestique, elle avait dit, s'il te plaît ne recommence pas. Le lendemain, j'avais préparé le petit-déjeuner à demi-mortifié. J'avais éparpillé quelques raisins sur la table et dessiné un nouveau cœur de Tomme dans son assiette, mais lorsque je la lui avais tendue, Sophie l'avait repoussée. J'ai pas très faim, elle avait dit. J'ai vu toutes les heures sur le réveil cette nuit, 5 h et 6 h en tous cas, je ne sais pas si c'est ton matelas, le stress ou les cris dans la rue, mais j'ai mal dormi.

Il faisait très clair dehors puis il avait semblé que le temps s'était subitement mis à menacer. Quelques minutes plus tard, Sophie s'était mise à picorer dans mon plat. Avec le temps, je ne voyais plus dans cette manie que la démonstration littérale de son nombrilisme. J'avais pensé : elle me bouffe, jusqu'à l'os, elle va me ronger. Je m'étais levé sans terminer, et j'avais déposé ma vaisselle dans l'évier en faisant claquer les assiettes. Sophie avait quitté la table à son tour. Deux minutes après, je l'avais entendue sortir. Elle n'avait même pas pris la peine de claquer la porte, ni de la fermer.

Sophie m'avait raconté son expérience à la radio deux ans plus tôt ; l'excitation lorsqu'elle avait appris être engagée, le sentiment de fierté, puis l'appréhension le premier matin dans le tram, à mesure que se dessinait toujours plus haut l'énorme bâtiment qui abritait les studios. C'est ici que tout se passe, lui avait annoncé sa nouvelle cheffe Sandrine en déposant un porte-badge autour de son cou comme une médaille d'intronisation ; et Sophie y avait cru ce jour-là, en parcourant les couloirs de la radio. Des images célèbres de l'histoire du XXe siècle ornaient les murs : l'arrivée des Beatles à JFK, la poignée de main de Rabin à Arafat, des affiches de films cultes, des photos de vieux émetteurs et de speakerines ; le tout donnait la sensation d'entrer dans le temple de la culture et de l'information. Mais ça, c'était surtout dans le hall d'entrée, car il lui avait suffi d'un tour dans les studios pour se rendre compte que plus grand monde ne pratiquait le culte depuis longtemps. Ça sentait la débâcle à l'intérieur, le café-thermos tiède et le parfum aigre des réductions de budget. À l'antenne, ça respirait pareil. Sophie m'avait même raconté ce blanc de presque trois minutes en direct, un jour qu'un ingénieur du son était sorti pisser. Mais Sandrine, elle, n'était pas de l'école de la défaite. Sandrine terminait toutes ses phrases par un okidoki ? sympa et incisif. Elle avait un sens du devoir sans pareil, quand bien même le devoir en question consistait à déguiser des contenus resucés à l'aide de communiqués de presse dithyrambiques, ce qui deviendrait rapidement la tâche de Sophie également ; ça et organiser des jeux-concours avec des lots-cadeaux comme une clé USB ou un stylo. La plupart du temps, Sophie ignorait à peu près tout des retombées de son travail, qu'elle se figurait mentalement tel le remplissage inlassable d'une passoire. Elle finirait par renoncer lors de sa seconde conférence de presse de rentrée. Ce jour-là, Sandrine l'avait sommée okidoki ? de porter les lunettes de soleil fantaisie incarnant le nouveau slogan *La radio qui illumine* devant un parterre de journalistes semi-navrés. Il pleuvait fort derrière la fenêtre, où un groupe d'ados détrempés sautait de flaque en flaque en pouffant. Sophie s'était tournée vers ses collègues à lunettes floquées puis vers les journalistes hagards. Ce n'était définitivement pas là que tout se passait. Elle s'était levée au beau milieu du speech de Sandrine, et quand elle avait ôté son porte-badge en sortant de la salle de conférences, elle m'avait dit avoir eu la sensation de retirer de son cou la corde de sa propre potence.

C'est après sa démission qu'elle s'était mise à voyager, et à enchaîner les piges alimentaires entre les échappées ; passée pro dans l'art du réchauffage d'info, elle m'avait dit, elle recyclait les mêmes portraits de food-trucks ou de boîtes de graphisme pour un magazine archi/musique/lifestyle qui avait une page business et un journal éco qui avait une rubrique créatifs.

Prendre plein de douches, me laver souvent, j'ai fait ça depuis très jeune. Ça doit relever d'une sorte d'orgueil du pauvre, ou de son héritage lointain : mes parents eux aussi faisaient ça, nettoyer beaucoup, se montrer soignés à tout moment. C'est un truc que j'ai surtout remarqué chez les petites gens, cet amour obsessionnel de la savonnette. Je crois que pour mes vieux - comme si ça jouait à si peu, ou qu'ils pouvaient réellement faire illusion - ça consistait juste à n'être littéralement pas des pouilleux. Alors à leur exemple, j'avais un maintien irréprochable. Mais le truc a commencé à dévier au fil des années. J'ai fini par m'imaginer que je pouvais me débarrasser de n'importe quoi juste en frottant, que la récure lavait réellement mes fautes ou mes péchés. Passer sous l'eau devenait un rituel de purification bizarre qui m'expiait d'une vilaine branlette ou d'un vol de chewing-gums chez le boulanger. J'ai fini par me décrasser pour tout et pour rien. Cela ne manquait à peu près jamais : j'entrais dans la douche éteint ou dépité et j'en sortais neuf et rasséréné. J'en avais perdu l'habitude depuis quelques mois avec Sophie, j'avais appris à accepter la crasse, même à l'aimer, elle me faisait me sentir plus juste, mais après le déjeuner et le coup du picorage, je m'étais branlé de demi-colère, je m'étais senti dégueulasse et m'étais récuré de la tête aux pieds.

Lorsque Sophie était rentrée, j'étais frais de dehors et de dedans. Je l'avais regardée et lui avais de nouveau trouvé la mine fatiguée ; alors l'idée m'était venue d'un coup comme ça : on irait chercher un nouveau matelas. On allait en prendre un bien confort, j'avais annoncé avec la voix qui chante, un matelas-cocon pour regarder l'hiver en s'y prélassant comme des chatons, on sera bien, tu verras. Dehors, le gel avait fait son retour, on pouvait désormais souffler des nuages de vapeur dans l'air en attendant le bus, ou se frotter les mains l'une contre l'autre à la canadienne s'il tardait. Un de ces quatre, ça ne faisait pas un pli, la neige allait tomber. Ça commencerait par un premier flocon qu'on tenterait d'attraper du bout de la langue et ça finirait par une bataille de boules au détour d'un parc dans lequel on ferait des roulades jusqu'à plus de souffle, et là, en apesanteur au milieu de la plaine immaculée, on s'embrasserait tendrement les yeux dans les yeux ; ce serait magnifique, notre premier hiver, et Sophie avait souri quand elle l'avait entrevu à travers mes yeux. On était tous les deux emplis de cette beauté anticipée, je crois, lorsqu'on avait pris la route du magasin de matelas-cocon. Alors, quand on avait atteint ce showroom saturé d'oriflammes publicitaires et de panneaux bariolés, le contraste avait un peu cinglé. Devant le magasin, il y avait un de ces parkings poisseux qui faisaient tout compte fait détester l'hiver et à l'intérieur du magasin, Nathalie, au milieu de ses armoires, salons en cuir ou cuisines qu'elle enjoignait aux visiteurs de découvrir d'emblée. Mais Sophie ne trépignait pas de les découvrir, les cuisines équipées, pas plus que d'entendre réciter leurs noms de gamme abominables ou les réductions que Nathalie était encline à faire sur leurs plans de travail. Jamais elle n'achèterait de plan de travail, Sophie, pas en céramique ou en quartz, ni même en réduction, plutôt crever. Rien que l'expression plan de travail lui faisait monter un horrible parfum de patate vapeur et d'ennui au nez ; on n'était même pas venu pour ça, déjà, on était venu pour un matelas, elle m'avait soufflé. Sophie regardait Nathalie feuilleter d'un air impénétrable ses classeurs. Nathalie avait-elle eu des rêves avant de se résigner dans ce showroom de banlieue ? À quel moment ses aspirations s'étaient-elles noyées dans ses phrases préfabriquées ? Il fallait qu'elle fuie, Sophie, avant de se faire rattraper. Elle n'en pouvait plus de regarder Nathalie, avec ses traits fatigués et leur promesse de futur avorté. Sophie s'était tournée vers moi ; il avait semblé que moi aussi je m'étais mis à sentir la patate et l'ennui, parcourant à mon tour le catalogue de Nathalie, passionné par les plans de travail, leurs dimensions, leurs matériaux et produits.

J'étais en train d'en rêver en douce, si ça se trouvait, d'un épais en bois massif dont je pourrais caresser la patine en dégustant un rosé, de retour d'un turbin que j'appellerais vraiment turbin. Oui, peut-être que je me réjouissais d'une telle perspective de vie : picoler sous le souffle d'une hotte meilleur prix. J'avais souri et passé mon bras autour de la taille de Sophie. Elle avait frissonné et s'était défaite de mon emprise d'un coup de rein.

Comme moi, Sophie avait beaucoup rêvé par le passé. Mais dans ses rêves, il n'y avait pas de sobriquets américains, de Romain Duris, ni de high-fives dans les cours de récré ; Sophie, sur la banquette du métro, rêvait de croire en quelque chose. Et elle avait cru à beaucoup de causes, en réalité. Il y avait eu ce jour où elle se trouvait à Athènes et s'y perdait en vagabondant dans les quartiers. Des immeubles côtoient de petites maisons délavées, entre deux, on voit les grues du Pirée et même surgir un fragment de mer grise en contrebas des escaliers. Un cortège apparaît au détour d'un boulevard, avec ses calicots et ses drapeaux. Sophie entend des chants dont elle ne saisit pas les mots. Elle pense qu'ils parlent de Peuple et de Liberté. Le ciel est couvert de gros nuages sombres, il semble qu'ils grondent avec eux. Sophie marche à côté du cortège d'abord, puis dans le cortège au milieu de tous ; et même étrangère à leur cause, elle sent sa poitrine de leur euphorie se gonfler. Lorsqu'elle rentre chez elle quelques jours après, elle conserve dans ses poumons un peu de leur espoir. Elle observe la révolte à distance, puis apprend que le vent de la liberté s'est essoufflé, mais qu'un autre s'est levé ailleurs. Elle les regarde gonfler et se dégonfler partout et le temps passe. Elle est toujours jeune mais elle n'était plus si jeune et les certitudes n'adviennent pas. Elle perd un peu de ses rêves et se lasse lentement de chercher sa voie. C'est ce qu'elle m'avait expliqué, Sophie, lorsque je l'avais retrouvée sur le parking où elle avait fui. Je ne trouve plus l'énergie, elle avait dit, j'ai essayé, je te jure, mais je n'ai pas les ressources pour vivre cette vie-là, sans couleur ni relief, sans but ni direction. Je n'en peux plus de végéter dans cette ville aux nuages si bas qu'on ne voit jamais le ciel, ça me donne l'impression de vivre dans une serre, une serre froide dont je respire en permanence l'air vicié. Parce que c'est ce qu'on est, elle avait dit, des plantes qui crèvent lentement dans une bulle fétide. J'ai pas à te dire quoi faire, tu sais, tu fais ce que tu veux, mais moi si je continue de la sorte, un jour, tu verras, on viendra me visiter dans la cour d'un hospice, assommée par les médicaments dont on m'aura gavée. On échangera des mots sans saveur autour d'un café au goût de lavette et de désespoir, et puis ce sera tout, tu verras, si je continue comme ça.

L'anniversaire de Sophie aurait lieu deux semaines plus tard ; c'était le premier que nous fêtions ensemble et j'avais décidé de marquer le coup. Je m'étais infiniment creusé, j'avais fait une liste sur un bout de papier, j'en avais rayé les fringues, trop risqué, le voyage, déjà fait, la journée au spa déjà ratée. J'avais aussi pensé au livre, à un recueil de bouquins, puis au volume précieux. J'ai abandonné l'idée par manque d'inspiration, mais j'ai conservé celle de l'objet de collection. J'ai pensé à un artefact ancien, un fragment de céramique antique ; ou à une pièce venue de loin, peut-être une statuette d'Afrique. J'ai réfléchi à quelque chose qui rassemblerait les deux, et l'objet m'est apparu un jour dans la vitrine d'un antiquaire au retour de Decathlon : une mappemonde ancienne enveloppée de couleurs ocres et de reliefs démesurés. En passant sa main sur le globe, on aurait cru caresser une planète inconnue et ses territoires inexplorés. Sophie allait adorer le cadeau qu'elle allait recevoir, elle qui rêvait tellement d'autre part.

Je n'avais rien répliqué. J'étais resté coi au milieu des oriflammes qui claquaient au vent. La vie sans relief, la vie sans direction, les plantes crevées et l'air puant : j'avais mijoté ses paroles durant des heures, tandis qu'elles se transformaient en un bouillon de ressentiment. Rien qu'entendre sa main effleurer le loquet en début de soirée m'avait fait frémir de rage. Jusque-là pourtant, on ne voyait rien de mon intérieur en fusion. Sophie n'avait pas semblé le deviner, en tout cas lorsqu'elle s'était avancée vers moi. Allez, elle avait dit, prends-moi dans tes bras.

C'est étrange ce que les mots revêtent parfois, ce qu'on leur fait endosser, à tort ou à raison. Ce sont les mêmes mots, pourtant, neutres, insipides ou tendres, qui d'un coup, sans qu'on s'explique pourquoi, revêtent un costume de fureur. Prends-moi dans tes bras, elle avait dit, et son appel avait sonné comme une nouvelle tentative de mise au pas. C'est étrange ce que portent les mots parfois, ou ce qui les vide presque totalement de leur sens, car il ne faisait plus de doute maintenant qu'on les vociférait : peu importait leur signification profonde, c'était leur allure guerrière qui comptait.

Dormir : c'est l'un des moyens que j'avais trouvé pour ravaler ma colère, depuis que j'étais gosse déjà. Dans les faits, je ne dormais qu'à moitié et ne ravalais rien du tout. Je me réveillais le lendemain avec en bouche une amertume que je recrachais à la première occasion. Et évidemment, je n'y étais pas plus parvenu ce soir-là qu'un autre, contrairement à elle qui sommeillait paisiblement à mes côtés. Sentait-elle seulement mes jambes remuer nerveusement ? Est-ce qu'elle percevait à travers son propre rêve ma fureur gonfler et bientôt faire trembler le lit tout entier ? Il semblait qu'elle s'éveillait peu à peu pendant que je convulsais, et voilà qu'elle ouvrait les yeux devant mes mouvements incontrôlés. Tout doux, tout doux, elle avait chuchoté à mon oreille, et je lui avais remis une couche de Parkinson en retour. Voilà ce que tu me fais, je disais en écumant, voilà ce que tu me fais.

La suite est un peu floue. J'ai continué à répéter voilà ce que tu me fais crescendo, j'ai encore fait quelques spasmes dont un gros pour conclure, puis me suis retourné brutalement le poing levé. J'ai redit voilà ce que tu me fais en regardant Sophie droit dans les yeux, j'ai vu sa pupille vibrer, puis j'ai abattu d'un coup mon poing sur ma propre tempe. Le geste était chiche et saugrenu mais sur le moment est apparu très dramatique. Très vite, ça a brûlé, aux jointures des doigts et sur le pourtour osseux, puis je me suis mis une série de douze à divers endroits pour varier. À chaque coup, une flammèche bleutée gaz naturel passait devant mes yeux, et étrangement, ça faisait un bien fou. Je ne les avais pas anticipés, mais mes coups matérialisaient enfin ce que j'avais ressenti toute la journée : des poings dans ma gueule, qui maintenant me foutaient littéralement au sol. J'y suis resté inanimé ou j'ai fait tout comme durant quelques instants. À ce moment, Sophie était prostrée dans un coin de la chambre, et ça a contribué à raviver ma colère lorsque j'ai rouvert les yeux. Sa crainte, sa peine ou son dégoût ne devaient fatalement viser qu'à souligner ma propre monstruosité, alors je me suis relevé en grognant comme un monstre et me suis dirigé vers la buanderie de laquelle j'ai tiré la caisse en carton qui contenait la mappemonde. J'ai crié le voilà ton putain de cadeau en crevant l'emballage. Je tenais maintenant l'objet à bout de bras. De mon point de vue, le moment était de nouveau dramatique, pour elle aussi, je crois, mais là encore c'était franchement pathétique ; elle s'est jetée sur moi et m'a supplié d'arrêter en sanglotant tandis que je mettais un premier coup de mappemonde sur la porte du réfrigérateur, puis un deuxième et un troisième aussitôt. D'abord il ne s'est rien passé de remarquable. On entendait boing-boing comme si une membrane caoutchouteuse se trouvait sous la croûte du globe. J'ai compris que la pièce n'était probablement pas une antiquité mais une réplique un peu filoute, et cela m'a encouragé à détruire l'objet. J'ai donc continué, boing-boing, jusqu'à ce que Sophie tente de s'interposer, va savoir pourquoi, entre la mappemonde et le frigo. J'ignore si j'aurais pu interrompre ou rediriger mon mouvement ; je ne sais même pas si je l'ai sciemment visée, mais au moment où Sophie s'est insérée dans la trajectoire, après un minuscule temps d'arrêt, j'ai abattu le globe en plein sur son visage. La planète s'est crevée sur son crâne en répandant une épaisse trainée de plâtre sur son pull, le Kazakhstan a fait un vol plané au bout de la cuisine et la Sibérie est tombée au sol avec un bruit de serpillière mouillée. Très vite j'ai vu à travers la poussière la bouche sanguinolante de Sophie. Quasi à vue d'œil elle s'était mise à enfler. Après quelques secondes à peine sa lèvre supérieure lui faisait déjà un air de chirurgie esthétique bon marché. Or, constater les conséquences désastreuses de ma folie m'a rendu plus dingue encore : je me suis mis à faire des bonds délirants sur place, d'incroyables bonds, j'avais la sensation de ne m'être jamais élevé si haut. Le sol se retirait sous mes pieds comme dans un dessin animé et en bondissant tel un cabri je criais : tout ça c'est de ta faute, regarde ce que tu me fais. Je te déteste, vipère, salope, je te déteste, pute, conne. Le sol ne me retenais plus, je m'élevais, je m'élevais, bientôt le toit de l'immeuble, je le ferais céder sous les coups de ma tête. J'ai sauté, j'ai sauté dix ou douze fois, peut-être quinze, puis pris d'un nouvel élan canon, j'ai dératé dans la rue en laissant Sophie entre les quatre murs, sa gueule bien cernée entre sol et plafond.

6

Les jours qui ont suivi la destruction de la mappemonde, il y avait le souvenir honteux de notre infamie qui collait à l'estomac et un sentiment de disgrâce qui planait comme une ombre derrière chacun de nos pas. On aurait dit que ça se savait, ou que ça se sentait, aux regards qu'on nous jetait dans la rue ou au supermarché ; il devait y avoir quelque chose qui nous trahissait, une odeur tenace par dessous nos fringues, un parfum de saleté que seuls les individus de notre espèce exhalaient. Ou peut-être était-ce le gros hématome que Sophie affichait au milieu du visage, ce coup verdasse dont personne ne devait ignorer qui en était l'auteur. Je ne parvenais pas à le quitter des yeux lorsque je la regardais ; je n'y voyais que le reflet insupportable de ma propre laideur. Sophie tentait de redoubler de naturel pour donner le change. À la caisse, elle a ri à pleines dents lorsque je lui ai dit avoir confondu le liquide vaisselle avec un désinfectant WC, et ça lui a donné un air de vieille folle botoxée. Mon sentiment de saleté était tel que j'envisageais de disparaître dans la nature pour aller puer loin d'ici. J'ai cherché sur internet comment me faire engager sur un chalutier à Zeebruges, j'ai regardé les routes du commerce maritime en mer Baltique et j'ai lu un guide du voyage en cargo. Je me voyais abandonner l'ancien monde dans le sillage d'un gigantesque paquebot ; mettre les voiles, pour l'Islande, le Groenland ou le Venezuela, n'importe où pour autant que plus personne ne me voie.

Pendant trois jours, la lèvre de Sophie n'a pas désenflé. On sortait peu, on ne voyait personne et personne ne nous a vus. J'ai fait des prières en cachette comme quand j'étais gamin, je me suis signé furtivement en la regardant et j'ai allumé une bougie à la cathédrale un soir en rentrant. Plus jamais ça, je marmonnais, et c'est cet horizon qui me tenait. Après une semaine, la lèvre de Sophie avait retrouvé sa forme originelle, à peine un reflet jaune sur l'ourlet, et la douceur était revenue, plus douce qu'avant encore dans notre foyer. Il semblait qu'après ces semaines électriques, il avait fallu atteindre le chaos pour remettre les compteurs à zéro. J'en venais même à me demander si Sophie n'avait pas tout orchestré juste pour qu'on puisse repartir du bon pied. Mais après toute cette merde, je n'allais pas ressasser ; j'allais me battre comme si ma vie en dépendait. J'ai fait péter les pique-niques idylliques jusqu'à l'indigestion et les apéros romance jusqu'à plus soif. Pendant la journée, j'envoyais des cœurs par SMS comme je l'avais toujours fait, mais pour marquer le coup, je tentais de varier : les cœurs étaient bleus, verts, blancs, accompagnés d'étoiles ou entourés d'un ruban. C'est pas la même chose : c'était l'idée. On n'était pas dupe, mais désormais, on n'osait plus crâner. On ne disait plus : on vit une histoire exceptionnelle. On disait : nous vivons une relation passionnelle.

Mais cette nouvelle surenchère avait un corollaire : elle générait une pression incroyable autour de chacun de nos moments, désormais à ce point chargés d'attentes qu'ils menaçaient d'imploser à tout instant. Dans les faits, c'est ce qui se passait, très vite. La tension nous poussait à la maladresse, à la faute puis à l'offense. Il y avait aussi ce phénomène étrange : lorsqu'au bout de quelques jours de répit nous nous félicitions de nos efforts, comme par un effet de magie noire, la lutte reprenait le lendemain plus violemment encore. Il semblait qu'on avait intégré comme règle tacite l'alternance entre quiétude et fureur et que nommer l'une convoquait l'autre systématiquement. Au risque de l'user pour toujours, c'est ainsi qu'on s'imaginait réanimer notre amour. Ce n'était pas si faux : les pires conflits généraient les réconciliations les plus intenses ; on se séparait toujours plus fort et nos retrouvailles étaient d'autant plus magiques. Un jour, après s'être déchirés comme jamais, on a passé une après-midi au bord d'un lac. Le lac était un gros étang trouble ceinturé de cabanons de pêche en tôle ondulée et de barbecues en briques ; ce jour-là, il nous est apparu tel un lagon paradisiaque et le moment fantasmagorique.

Sophie m'en avait parlé un jour pleine de douceur. À une époque, ça l'avait aidée à faire le tri dans ses casseroles. On a tous nos parts d'ombre, elle avait dit, et je ne devais pas la laisser me dévorer. Alors un jour, à moitié paumé dans notre engrenage schizophrénique, j'avais pris rendez-vous chez Madame Nicolaï. Elle m'avait accueilli sur le pas de sa porte, avec sa longue chevelure d'argent et sa mine déjà presque compatissante qui m'avait empli d'un sentiment d'apaisement avant même que je ne tente de sortir devant elle les mots de mon désarroi ; je ne me souviens pas bien desquels, c'était souvent un problème, ma fureur réduisait en cendres le souvenir de nos paroles pour n'en laisser que des sensations imprécises, quelques banalités, des évocations de querelles sans enjeu, que je m'empressais de relativiser, pétri de honte, pour en conclure par de longs silences embarrassés. Déposez vos ressentis sur le papier, cela aidera, vous verrez, Madame Nicolaï a dit en me raccompagnant.

Je me suis donc mis à prendre des notes. J'ai commencé le jour-même après une petite échauffourée. Et à partir de là, j'ai été capable de tenir des comptes soignés. Je consignais tout très vite avant que ma mémoire ne se délite. J'accouchais sur des post-its ou sur mon téléphone et présentais ensuite mes notes à Sophie en guise de preuve écrite. Je ne suis jamais retourné chez Madame Nicolaï. J'écrivais pour faire à Sophie la somme de ses méfaits : cette semaine, trois fois, je notais, celle où elle avait dit quel con quand je lui avais marché sur l'orteil, celle du rholala-chhht juste devant mes amis, et celle où elle avait oublié de mettre son propre réveil et qu'elle me l'avait vertement reproché. Je lisais le tout comme un petit juge. J'en ai même rajouté pour lui couper l'herbe sous le pied : j'ai écrit qu'elle hurlait lorsqu'elle avait haussé le ton, ou qu'elle avait menti un jour qu'elle s'était juste trompée. J'écrivais toujours plus, j'élaborais un grand récit, souvent à la troisième personne, pour me distancier de moi-même et conjurer la honte qui m'emplissait à l'écriture de ce journal de guerre. Mais même, je sentais mes joues s'empourprer en relisant en silence ces mots tellement plus enjolivés que ceux que j'avais vraiment proférés - crevure, sale conne, ferme ta gueule salope - ou des gestes qui de plus en plus souvent exultaient : de petites poussées mesquines, de vraies bousculades et un jour un croche-pied à peine voilé qui l'avait envoyée valser dans une poubelle du rez-de-chaussée. Mes propres ripostes attisaient mon sentiment de haine à l'égard de Sophie, que je tenais pour responsable de mes déraillements. J'ai trouvé une parade un jour en lui subtilisant des fringues ou des objets qu'elle affectionnait pour les réduire en miettes ou y mettre le feu. Je lui ai déchiqueté un bikini un jour où elle m'avait claqué une porte au nez, et balancé un fond de teint par la fenêtre après qu'elle ait corrigé mon subjonctif. Elle les a cherchés longtemps tous les deux, cherche encore j'ai dit, on ne sait jamais. Mon sentiment de revanche était assouvi, mais l'introduction du mensonge dans notre couple me pétrifiait. Maintenant que je trompais même mon journal, je me sentais capable de vraiment la tromper.

Un jour cette fille est apparue au bar, Colette, elle s'appelait, qui faisait des pas de danse sur la piste et des farces au comptoir avec les rigolos du coin en se jetant des cacahuètes dans le gosier. Colette semblait traverser la vie de la même manière qu'elle traversait la salle sous nos yeux : comme une gigantesque mascarade qu'elle ne pouvait prendre au sérieux. Et je crois que j'avais envie un peu d'en rire avec elle, parfois. Cette allégresse manquait si cruellement à Sophie. Sophie, d'ailleurs, avait dû le remarquer car elle ne parvenait pas à réprimer sa contrariété lorsqu'on croisait Colette. Elle m'avait interrogé plusieurs fois à son sujet incidemment ; elle s'enquérait de sa présence au bar ou me demandait tiens, qu'est-ce que tu penses de son blouson marron ?

Sophie semblait un peu moins reine qu'autrefois. Bientôt, elle ne parvenait plus à s'empêcher de me cuisiner sur Colette et son petit cul qu'elle soupçonnait de dandiner volontairement sous mon pif avec des airs de ne pas y toucher. Je disais mais non t'exagères, je m'en fous, de toutes façons, je suis pas un chien en rut, putain, mais Sophie avait peut-être raison : lorsque je croisais le regard de Colette dans la rue, j'aurais parfois juré y voir une lueur étrange, comme si elle fouillait les marques d'un assentiment ou même une dose de désir dans mes propres yeux. En temps normal je me serais fichu de ce petit potiquet, mais la vie est souvent comme ça, je le sais désormais : on se lasse de tout, même riche ou comblé, ce doit être une forme morbide d'appétence ou de curiosité, une manière instinctive de lutter contre la torpeur, je ne sais pas, on finit même par être attiré par des choses moches, insignifiantes, ou sur lesquelles on n'aurait jamais imaginé lorgner. Pendant quelques jours, Colette m'a séduit. Elle avait dû le sentir, je pense, car elle louchait plus encore vers moi au bar et bientôt dans la rue, décrivait de larges arcs de cercle pour venir me saluer. Colette ne calculait rien. Mais très vite, cette transparence crue m'a écœuré. C'était trop facile, trop trivial. C'était presque obscène. Sophie, même un peu moins reine qu'autrefois, ne se serait jamais déshonorée comme ça.

Il était clair que ça allait se reproduire, je le dirai plus tard avec l'assurance imbécile de celui qui prédit les faits accomplis. Il y avait un truc amer qui traînait entre nous, qui était toujours un peu là et sourdait d'un coup parfois. Un matin dans la salle de bains, Sophie avait pesté sur la journée qui l'attendait : trop de mails en retard, qui allaient lui en bouffer la moitié. Mon gilet Decathlon pendait au crochet, une pantoufle de gym est passée derrière mes paupières ; j'avais soupiré, elle avait re-soupiré et j'avais re-re-soupiré. C'est quoi ton problème quand je m'exprime ? elle avait lancé tandis que j'écartais le rideau de la douche pour en sortir. Elle s'était rapprochée, à cinquante centimètres de moi, peut-être moins, très grande, subitement. J'avais patiné en arrière, nu comme un vers, un morceau de rideau froid collé à la fesse, une épaule dans le porte-savon. Elle semblait avancer encore. J'avais reculé tant que je pouvais, le zizi à l'air ridiculement. Les murs serraient. Deux secondes avaient passé, puis trois, mes mains s'étaient levées devant moi. Je les voyais comme détachées de mon corps, deux serpents ondulant en direction de son gosier. Sophie aussi avait vu. D'un coup, elle s'était cabrée. Son regard avait mué de la surprise au dégoût, son dégoût avait pénétré en moi, il s'était métamorphosé en honte, et cette honte m'avait empli de fureur de haut en bas. Mes mains s'étaient serrées contre sa peau, un instant à peine, le temps que son souffle se contracte sous mes phalanges, des muscles ou des tendons, on aurait dit qu'ils couinaient vraiment. J'ai pensé : grenouille ou poulet, putain qu'est-ce qui se passe ? et j'ai relâché mon étreinte, écœuré.

Ça donnait parfois le vertige : il semblait que l'escalade ne trouvait jamais de sommet, ou que le dénouement ne pouvait s'inscrire que dans notre propre destruction. Chaque nouvelle effusion, étrangement, apparaissait sans cesse moins spectaculaire. Tout s'aplanissait et rentrait dans les mœurs pour participer d'un quotidien toujours plus gris. Sophie protestait moins lorsque je lui présentais mes réquisitoires. J'y prenais toujours plus de liberté. J'y ajoutais des détails accablants, je les retravaillais, parfois, j'écrivais en avance nos coups d'éclat. J'imaginais des répliques cinglantes ou des scènes bouleversantes dont j'étais la victime malheureuse. C'était de moins en moins crédible, presque caricatural comme tel, mais parfois aussi il semblait que mes fictions précédaient le réel. Certains des mots que j'avais posés sur le papier apparaissaient plus tard dans ma bouche et même dans celle de Sophie. Un soir j'avais écrit que je lui empoignais les cheveux. Quelques jours plus tard, tandis que j'avais oublié mon texte, je lui avais attrapé une touffe et tiré dessus comme un enragé. Sophie n'avait pas cherché à se débattre, elle avait à peine poussé un cri, ça aussi je l'avais écrit. J'ai été pris d'un vertige ; j'ai arrêté d'écrire instantanément.

Puis un matin, je pense qu'elle avait dû me faire une nouvelle remarque à la con, il s'agissait presque toujours de quelque chose lié à mon absence de compréhension, ou de soutien, je ne sais plus bien car je ne l'ai pas noté ; or, au lever du jour, je me trouve dans un état très vaporeux, comme dans un demi-songe, mais c'est une fois de plus monté très vite. Après moins d'une seconde, elle me faisait face en serrant fort les dents et ça lui donnait un air de berger allemand. Elle a dit un sale truc ou alors c'était ses yeux qui m'insultaient. J'ai vu qu'elle serrait les poings en plus des dents. Et les poings serrés, j'ignore pourquoi, je suppose que c'est pour tout le monde pareil, ça m'a toujours fait partir en sucette, même au départ d'un état très vaporeux ou de demi-songe. Plus encore je crois, ça a fait un contraste cinglant : j'ai tressailli réellement. Je me suis approché d'elle. Tu me cherches ? j'ai sifflé, en balançant le front en avant. Je voulais lui en imposer avec un air de caïd mais, en pleine montée d'adrénaline, je n'ai rien calculé, je lui ai envoyé mon front en plein dans le sien. Ça a cogné bien dur, et dans ma tête, ça s'est complètement embrasé. Je l'ai empoignée par son t-shirt tandis que de l'autre main - c'était un réflexe que je n'avais jamais vraiment connu, et en même temps j'avais hyper conscience de chacun de mes gestes, comme si je tombais dans le vide en sachant que j'allais m'écraser, mais que plus rien n'importait puisque la chute était amorcée - je l'ai giflée. Elle a fait mine de chuter ou a chuté vraiment à mes pieds. Je l'ai regardée, fou-hébété, puis je suis monté à genoux sur ses deux épaules, la main toujours vibrante, en lui disant : tu fais moins ta fière maintenant là, petit roquet de merde, sale petite péteuse. Elle paraissait une bête traquée, un animal pris au collet. Elle s'est débattue un peu, ses yeux ont cherché une issue, mais il n'y en avait pas.

Mes potes de la buvette, ils disaient parfois qu'ils lui en colleraient bien une à leur gonzesse, que ça les démangeait parfois, tellement qu'elle était casse-burnes à chialer pour tout ou à pester sur n'importe quoi, et ça surtout parce qu'on leur avait pas appris à fermer leur claque-merde, aux femmes, depuis qu'elles étaient gamines déjà, quand bien même cela ne se dit pas ; oui ça les titillait de leur rabattre leur caquet d'un bon coup, ils déclaraient avec un accent de forain ou de Ch'ti, histoire de bien marquer le second degré, même si on sentait aux rires et aux regards entendus qu'on naviguait en eaux troubles. Je n'avais pas été loin d'avouer que je l'avais vraiment fait, moi, pas pour rire et pas qu'une fois, ni accidentellement d'ailleurs. Peut-être que les langues se seraient déliées, et que tous se seraient mis à raconter comment ils bastonnaient. Ils auraient été soulagés de ne plus être seuls dans la déchéance, tous réunis dans la honte, soudés dans la disgrâce. Je le redoutais, pourtant : personne autour de la table n'avait idée de ce qu'était la violence, la vraie, celle avec laquelle on ne plaisante pas. D'un sourire crispé de gêne et de crainte d'être démasqué, j'avais dit : il m'est arrivé une fois d'empoigner Sophie, et un peu de la secouer. Je m'étais senti un peu moins minable du fait de mon aveu, et beaucoup plus à la fois, du fait de mon mensonge. Ils avaient ricané hinhinhin, ça devait les rassurer de constater que, dans cette bonne grosse chierie qu'était la vie, cela pouvait tout de même être pire chez les autres, hinhinhin, ils avaient fait, très satisfaits, et sans doute un peu plus tard sur l'oreiller ils avaient raconté à leur gonzesse, celle-là même qu'ils rêvaient tant de pouvoir gifler, à quel point c'était le foutoir chez moi et Sophie, malgré nos grands airs, et elle était soulagée elle aussi, la gonzesse, qui vivait avec un tel couperet au-dessus de la tête, hinhinhin, on n'aurait pas dit ça d'eux, très fière, elle avait fait.

7

Je les vois toujours très distinctement malgré les années. Il y a Jean-Paul avec sa coupe au bol, Fabian et ses grandes dents, Thomas dans son Perfecto, et Georges le suiveur, dont je ne me rappelle rien sinon qu'il suivait. Ils tournent autour de moi à la manière de peaux-rouges, ou telle qu'ils se la figurent : le dos rond et le pas calqué sur le rythme d'un tambour imaginaire. Je dois avoir onze ans, peut-être douze ; c'est longtemps après l'histoire de la mare au loup. L'année scolaire suit un cours de plus, entre ennui profond et pointes subites d'exaltation : une nouvelle est arrivée en classe, Vanessa elle s'appelle, et elle a un début de poitrine en plus d'un air revêche. Autant dire que tout le monde est tombé raide dingue d'elle, les quatre peaux-rouges en premier et puis moi aussi, qui faisais peu avant encore partie de leur tribu. Mon éviction menaçait depuis quelque temps, en réalité : Vanessa en pince pour moi, et ça a franchement irrité Jean-Paul, même s'il dit que pas du tout, qu'il en a rien à caler de cette grosse conne. Jean-Paul est le plus costaud du groupe, et à l'aube de notre adolescence, cela suffit encore pour qu'il mène la danse ; le demi-râteau qu'il s'est ramassé, du coup, lui a fait une méchante entaille à la fierté, et dans la foulée, lui a donné une vilaine envie de vendetta. D'autant que son adversaire a une faiblesse de taille : sous la pression, je bute sur les mots et finis par merdoyer ridiculement. Jusque-là, tant que j'étais dans le bon camp, personne ne s'était trop soucié de ce handicap qui affleure rarement. C'était sans compter sur Jean-Paul qui a commencé à s'en faire un motif de moquerie et à provoquer les situations critiques ; en classe en particulier, où il redirige systématiquement la parole vers moi. Depuis peu, ça dégénère. J'ai fait l'erreur un matin de les gratifier d'un magistral b.b.bou.bou.bouffez vos mères qui a provoqué l'hilarité générale et attisé davantage la fièvre de mes congénères. Ils sont déjà trop mûrs pour être aussi cons, mais l'ivresse de la surenchère réduit à néant leur lucidité. L'association d'idées est franchement tarabiscotée, voire carrément merdique, mais ils ont fini par tisser un lien entre mon bou.bou et le cri de guerre des Sioux, qu'ils imitent en tambourinant des mains sur leurs lèvres. Ils ont commencé par m'appeler l'Indien et à sortir ensuite en ma présence la panoplie des gestes du peau-rouge. À la récréation, j'ai repoussé à plusieurs reprises Fabian et Thomas qui me poursuivaient de « Ugh » bien frappés, mais une petite chorégraphie s'est mise en place au fil de leur chasse. Jean-Paul a pris le train en marche, suivi de Georges, bien sûr. Ils ont commencé à tournoyer autour de moi comme des mouches puis, c'était prévisible, comme des Indiens. De l'intérieur, ça ne ressemble pas à une ronde de Sioux, mais à une roue infernale d'invectives et de cris. Je fixe mon attention sur Fabian, je ne sais trop pourquoi, peut-être est-ce cet air imbécile qu'il porte sur les dents. Il rit, Fabian, à plein poumons, et les miens se gonflent de colère. La haine irradie mes muscles, je me contracte, je me recroqueville. Il y a le marabout qui de nouveau se convie, vie de chien, chien de chasse, et quasiment tapi au sol je bondis.

Il y a eu des cris, des frottements, un choc, des couleurs qui sont passées très vite devant mes yeux puis je me suis vu sur Fabian, les deux mains pressées sur sa gorge, comme détachées de mon propre corps et entièrement possédées par mon courroux. Le visage de Fabian était comme tordu complètement, je ne sentais plus rien, rien que le feu dedans, puis mon propre corps a volé sur le côté et, sans rien entendre, j'ai vu au-dessus de moi hurler le surveillant.

Je n'ai pas crié, pas même ouvert la bouche. Je n'ai pas vu défiler toutes les images de ma vie en accéléré, comme on dit que ça arrive juste avant le grand saut. Ça vrillait très fort partout autour ; j'ai juste pensé c'est fini et dans la seconde, je me suis senti incroyablement soulagé.

Sophie m'avait donné rendez-vous quelques heures plus tôt. Elle avait dormi chez elle la nuit précédente. Elle faisait ça parfois sans trop s'en expliquer, ça me faisait un peu me sentir un chien pourri, je le lui avais dit, et ça l'avait fait pouffer ; on a toute la vie, elle avait rétorqué. On n'avait jamais reparlé de la volée de gifles et je n'avais rien osé écrire à son propos. Je m'étais jeté sur le flanc juste après, et on était restés assis de longues minutes à terre, à demi-hébétés. Je m'étais excusé très vite en dégueulant quasi, j'étais désolé, sincèrement, j'avais dit, la voix encore vacillante de colère, j'étais désolé, mais plus jamais elle ne devait lever ses poings devant moi, ni même serrer les dents comme ça. Sa violence rejaillissait sur moi, j'avais dit, elle la suscitait trop souvent, et ça suffisait maintenant. Elle avait de la chance d'être une femme, parce qu'entre gars, ça se serait terminé en véritable baston, une pareille provocation. Je m'étais montré outré. En fait, je l'étais vraiment. Or, Sophie n'avait presque rien objecté, elle ne disait plus rien. Je m'étais adouci. Je l'avais prise dans mes bras et dit qu'on avait dérapé, que ça ne se reproduirait plus et qu'on était capable d'y arriver. Le lendemain, j'avais envoyé des émojis cœurs emballés, des soleils aussi et un petit chat. Sophie avait fini par me répondre avec une tulipe et une colombe et ça s'était finalement tu comme ça. Deux semaines avaient passé. Il était 12 h 05 et Sophie arriverait d'une minute à l'autre à notre rendez-vous. Je m'étais assis sur les marches du porche et j'avais téléphoné à ma maman : Rose, ma grand-mère, était souffrante en plus qu'elle déraillait vraiment. Depuis cinq ans qu'elle avait quitté son village pour la maison de repos, elle avait une peur panique de la mort. Avec la fièvre qui échaudait ses idées, son angoisse était décuplée. Ce n'est qu'une question de jours, Rose disait elle-même en sanglotant. Et à son âge, c'est difficile de lui donner tort, ma mère m'avait confié. Sophie était arrivée dans mon dos et m'avait chatouillé sous les aisselles ; tu as le bonjour de ton père, m'avait dit ma mère avant de raccrocher ; je me suis tourné vers Sophie et je lui ai dit ok, on y va. La veille, tandis que je me sentais chien pourri, je m'étais creusé les méninges pour trouver une bonne idée d'un truc à faire, quelque chose qui sorte de l'ordinaire. J'avais vite pensé à cette tour construite au milieu des champs de betteraves pas très loin de la ville par une sorte de Facteur Cheval local. Le bonhomme était devenu complètement mystique après la Seconde Guerre et avait consacré la fin de sa vie à bâtir un édifice en gros moellons selon des proportions inspirées de la Jérusalem céleste. Des animaux fantastiques et des diablotins ornaient ses parois et, aux quatre coins de la tour, se dressaient les chérubins de l'Apocalypse peints de couleurs tape-à-l'œil. Un petit musée se trouvait au sous-sol. Il exposait deux ou trois reproductions de paysages flamands et des portraits de la vie d'antan ; Sophie s'y était engouffrée après notre ascension de la tour et je l'y avais suivie vite fait. Je m'étais arrêté devant un des tableaux, un combat de coqs dans une arène, peint il y a au moins cent ans, très photographique, comme pris sur l'instant : les deux bêtes au centre de l'arène semblaient avoir été réellement figées au milieu d'un duel acharné, et dans les gradins autour, les bourgeois comme les bougres pétrifiés dans leur frénésie à jamais. La veille avec Sophie, nous étions allés faire un tour à la fête foraine pas loin du canal. Il y avait foule, une foule très gueularde et indisciplinée, beaucoup de lumière aussi, de toutes les couleurs, et de la musique très forte et saturée. À un moment, nous nous étions retrouvés coincés dans une sorte d'embouteillage humain ; ça sentait très fort la saucisse et le cuir mouillé, on se marchait sur les pieds et l'irritation générale planait. Sophie avait agrippé ma main en tentant d'éviter un jet de canette ; je venais d'encaisser un coup de coude dans le flanc : je l'avais repoussée vivement et elle me l'avait reproché sèchement une fois sortis de la marée. Déjà échaudé, j'avais saisi Sophie par le haut du bras et je l'avais tirée brusquement vers moi, prêt à en découdre, puis l'ouvreur du train fantôme, qui n'avait visiblement rien manqué de la scène depuis sa cabine deux mètres plus haut, avait lancé on ne ze bat pâs dans la file-heen, à fond de balle au micro. Lorsque nous nous étions éclipsés une seconde plus tard, une petite troupe d'ados pouffait dans notre dos. Dans le tableau des coqs, il y en avait aussi qui ricanaient, trois jeunes hommes roux et malingres qui ressemblaient à s'y méprendre à ceux de la veille sur la foire. La honte m'est remontée au visage en les observant. Sophie a regardé aussi. La scène manque de réalisme, elle avait dit.

Il était presque dix-huit heures ; on s'est dirigés vers la sortie. On était attendus à souper chez un couple d'amis de Sophie, Chiara et Pierre, un couple d'artistes très intellos ; ils vivaient dans un grand appartement avec vue dégagée sur le fleuve, ce dont Sophie s'émerveillait et qui avait tendance à m'irriter vu ma propension à la défense de l'esprit prolo. J'étais allé deux fois chez eux déjà, et j'étais parvenu tant bien que mal à suivre les conversations branlette. Je pressentais une tendance générale à brasser l'air, chez Chiara et Pierre, ou à abuser des métaphores pour donner de l'épaisseur aux propos, sans oublier les nombreuses indignations compassées pour des causes telles que le Tibet ou les Rohingyas, alors que pas un mot sur les toxs-zombies qu'ils devaient sans doute enjamber comme pour éviter une merde au sortir de leurs petites fiestas. J'avais évoqué le sujet avec Sophie, mais Sophie m'avait précisément renvoyé à mon anti-intellectualisme primaire et je n'avais pas insisté. Ce soir-là, en plus de nous, était également convié un couple très gay et soigné, Stéphane et Mark, et cela m'avait déstabilisé car je ne fréquentais habituellement pas de couples gays, ni de tellement soignés, et me sentais face à eux très balourd et hétéro, en plus d'imbécile anti-intello. Mark devait avoir trente-cinq ou quarante ans, au minimum dix de plus que moi ; il avait une allure à la fois chic et décontractée. Il parlait beaucoup, de tout, et très bien, sans trop remuer l'air ni abuser des allégories. Il était aussi pas mal branché anecdotes de la vie de province et très second degré, et contrairement aux autres rencontrés chez Pierre et Chiara, il ne me faisait pas du tout me sentir un animal de foire. Sophie pour une fois peinait plus que moi. Elle tentait de faire des références de philosophie postmoderne ici et là, mais toutes tombaient à plat. Vers une heure du matin, j'étais un peu bourré. Je trouvais m'en être pas si mal tiré ; l'alcool aidant, j'avais réussi à terminer le ceviche péruvien de Pierre dont tout le monde s'était extasié tandis que je luttais contre la nausée. Je sentais qu'avec Mark, on était presque devenus copains, et ça me donnait l'impression d'être irrésistible un brin. Stéphane et lui avaient proposé d'aller se jeter des coups dans un bar pour terminer la soirée. J'avais accepté de suite, mais Sophie voulait rentrer. Elle était un peu fatiguée et souhaitait profiter un peu de son dimanche plutôt que de cuver toute la journée. Je lui ai dit ben allez, juste un verre, Sophie, mais elle avait refusé encore. J'ai rien à me prouver, elle avait ajouté pas assez bas pour que je ne l'entende pas. Bah allez Sophie, sois pas si coincée, j'ai dit suffisamment haut pour que Mark ricane (de gêne, je crois) et Sophie s'empourpre d'un coup. J'ai tenté de rattraper l'affaire, en disant non mais je rigolais, on remet ça, puis on a tous pris congé.

Lorsque j'ai mis le contact de la voiture dix minutes plus tard, je me sentais toujours irrésistible et pas mal pompette aussi. Mon appartement se trouvait de l'autre côté de la ville alors j'ai décidé de prendre l'autoroute qui la contournait plutôt que de m'aventurer dans les ruelles que je ne connaissais pas si bien. Je sifflotais au volant, je chantonnais par-dessus la radio. Sophie s'était installée au fond du siège qu'elle avait abaissé. En montant sur l'autoroute, j'ai aperçu le gros immeuble depuis lequel, vingt ans plus tôt, trois braqueurs acculés par les flics avaient fait pleuvoir des billets de banque par milliers. Ç'avait été un grand jour ce jour-là, tout le monde s'était cru dans un film de gangsters, avec du vrai danger et le cœur qui bat très fort en traversant les grandes artères, même plus loin dans les villages où les gendarmes avaient monté des barrages, équipés comme des militaires. Puis la police avait mis la main sur les bandits. La fièvre générale était retombée et la vie était redevenue un peu morne comme elle l'avait toujours été ici. Tu trouves pas que je me suis bien intégré ? j'ai demandé à Sophie en tournant la tête vers elle et me déportant complètement. J'ai entendu un coup de klaxon derrière et Sophie s'est accrochée à la poignée ; je me suis demandé si je n'étais quand même pas trop pété puis j'ai décrété que ça allait encore en me rabattant. De l'autre côté du fleuve poussaient de grands arbres blancs immaculés. Je les avais admirés comme une variété rare durant des années, avant qu'on m'explique un jour qu'il s'agissait de platanes sur lesquels des milliers de mouettes passaient leur temps à chier. Je l'ai peut-être dit à voix haute, je ne sais plus, mais j'ai remarqué que Sophie ne réagissait pas depuis un moment. Elle n'avait même pas répondu plus tôt. J'ai demandé : ça va ? T'as passé une bonne soirée ? Mais Sophie fixait toujours le pare-brise sans dire un mot, alors je lui ai redemandé encore une fois, puis une troisième et elle s'est finalement tournée : je me suis vraiment sentie comme une conne, elle avait dit, avant de se rejeter au fond du siège baissé.

On dépassait maintenant la brasserie. Le parfum du houblon avait empli l'habitacle. En fait non, tu m'as vraiment fait me sentir comme une conne, Sophie a précisé ; et le parfum s'est dissipé. J'ai expiré. Attends tu parles de ma blague en fin de soirée ? j'ai demandé. C'était pas sérieux, enfin. T'as vraiment peur de passer pour une coincée ? On s'en cale, tu sais. Dehors, maintenant, ça sentait le pneu brûlé. Le barrage paraissait au loin, ainsi que les grues à conteneur suspendues au-dessus du fleuve. Sophie était de nouveau silencieuse, puis, une minute plus tard, rebelote : tu m'as fait passer pour une conne, avant de se rejeter au fond de son siège. J'ai repensé à Mark riant de mon histoire d'artiste-peintre local qui vendait aux habitants de la campagne des portraits impressionnistes de la façade de leur propre maison. Les gens l'affichaient souvent dans leur vestibule par chez moi, au cas où on n'aurait pas pu contempler leur plus grand accomplissement du dehors : posséder une fermette en préfabriqué avec un carport. Sophie s'était alors lancée dans une mise en perspective avec l'Art Brut et Jean Dubuffet puis Mark avait toussoté avant de relancer une autre conversation. De l'autre côté de l'autoroute était amarré un bateau-église coiffé d'un grand crucifix. J'ai pensé Jésus, viens m'aider. Mais Jésus évidemment n'était pas là, il m'a laissé comme d'hab avec un long silence et aucun signe à interpréter, si ce n'est que Sophie m'a semblé mimer un sanglot, ce qui a eu pour effet de me serrer l'estomac ; j'ai avalé ma salive et lui ai trouvé un goût amer. Une minute a passé, j'ai ruminé tout du long, puis j'ai laissé échapper ces mots tout haut : espèce de gros boulet.

C'est toujours la même chose : je ne me souviens pas de ce qu'elle a dit après. Je sais que le volume sonore était élevé, que ça bourdonnait dans mes oreilles et que mes jambes vibraient sur les pédales. L'ombre des réverbères défilait sur la route. Une plaque annonçait la sortie imminente et j'ai mis mon clignotant. Un kilomètre a passé, peut-être plus. Sophie ne s'était pas interrompue et ça sifflait grave dans mes oreilles. Bientôt il n'y avait plus que le débit de sa colère qui emplissait l'habitacle. Il faut que tu te taises, j'ai chuchoté d'abord. Puis : tais-toi. Et puisque ça n'arrêtait pas, je l'ai suppliée, tais-toi, s'il te plaît, avec des sanglots dans la voix, mais cela faisait pire encore, Sophie criait, maintenant, et moi aussi. Mais ferme ta putain de gueule, j'ai hurlé en frappant le volant du plat de la main, mais Sophie n'entendait pas, elle n'entendait plus rien que sa fureur qui gonflait dans la voiture au milieu de la nuit.

On n'a rien senti d'abord, quand j'ai tiré le frein à main. La route était grasse comme du beurre et on y glissait tout droit. Ça a duré une ou deux secondes, nous qui traversions le vent, le vent qui sifflait dans nos oreilles, puis l'arrière est parti d'un coup sec, comme violemment chassé de l'extérieur, et a emporté le véhicule dans un large mouvement centrifuge. Je n'ai pas crié, même pas ouvert la bouche. Je n'ai pas vu défiler toutes les images de ma vie en accéléré comme on dit que ça arrive avant le grand saut. Ça tournoyait très vite et les réverbères striaient la nuit de longs traits blancs ; j'ai juste pensé c'est fini et dans la seconde, je me suis senti incroyablement soulagé.

8

Il faut le voir, De Bilde, passer les portes du tribunal, traverser le hall gigantesque au milieu des flashs et des caméras. L'image tangue, elle est jaune et marron. On respire presque l'époque ; eau de javel, cire, laque pour cheveux et cigarette froide : on est en 1996. Gilles a vingt-quatre ans mais il en paraît dix-huit dans son costume trop grand. On dirait un gosse endimanché pour un mariage ou une communion. Mais ses traits sont tirés et il s'avance la tête basse : il ressemble plutôt à un enfant qui a reçu un sermon. Depuis son lit d'hôpital, Krist Porte a déposé plainte et De Bilde a passé la nuit au poste. L'information s'est très vite répandue. C'est rare d'entendre tant de ressentiment dans la bouche des journalistes. Le ton est presque vengeur. Un speaker le dit clairement : il ne perd rien pour attendre. C'est comme si par son geste inconsidéré, il avait éclaboussé toute la profession. Ça condamne à tour de bras, avant même que De Bilde n'ait mis un pied dans le bureau du procureur. On pense à cet autre joueur, dont personne ne se souviendra du nom, au milieu du stade vide, face caméra. Il dit qu'il ne comprend pas, il le redit plusieurs fois. Mais il affiche un étrange sourire tout du long. Ça doit être une forme de trac ou de pudeur ; d'habitude personne ne lui pose de question. Mais lorsqu'il décrit la scène - une droite incroyable dans la figure, il dit -, il glousse sottement. J'ai jamais vu une droite pareille, il redit une seconde plus tard avec son accent à couper au couteau, et il glousse de nouveau. Lui aussi semble un gamin, qui admire autant qu'il craint la férocité de son aîné. Mais c'est chez lui seulement. Les autres jouent mieux l'indignation. En réalité, ils sont vraiment indignés. Un an plus tôt, a eu lieu cet événement : Gilles est appelé d'urgence chez son père tombé dans les vapes sans crier gare. L'ambulance est en route ; Gilles aussi. Il fonce dans les rues, celles que son vieux a sillonnées mille fois au volant de son taxi ; Laeken, le Ring, le Breughelpark, cette cage à poules. Gilles, même au faîte de sa gloire, n'a jamais caché son admiration pour son père, dont une ordonnance de divorce l'a très tôt éloigné. Adolescent, sans permis de conduire, il lui a subtilisé son véhicule pour aller rouler les mécaniques en boîte de nuit. Ce soir-là, Gilles a démoli un panneau de signalisation et un bac de fleurs de la commune. Lorsqu'il l'avoue à son père le lendemain, tandis que tant d'autres auraient été rossés là-bas où il vit, le vieux n'élève même pas la voix : tu es un homme maintenant, il dit simplement, c'est à toi de régler ça. De loin, en retrait, même un peu idéalisé comme tous les pères absents, il a toujours été là, tandis que la mère ivre morte dans un coin de son salon laissait Gilles et son frère affamés manger des Frolic à même le sachet. Non, il peut pas tomber, pas maintenant, le vieux, pas si tôt, pas si bêtement ; et pourtant il est là, devant Gilles, assis, jambes et souffle coupés dans le canapé. Et ça lui fait remonter des bouffées de colère, De Bilde, cette colère qu'il avait ravalée tant d'années sans jamais savoir où la diriger. Alors quand l'ambulance arrive, ça sort une première fois, comme toujours : de son pied. Il y va d'un magnifique coup de botte dans la carrosserie qui ploie instantanément. C'est cocasse sur le moment, presque émouvant pour les brancardiers, de voir de si près le joueur en action, on aurait envie de s'arrêter une seconde pour admirer le grand joueur, ou lui demander un autographe, mais non pas le temps : le vieux se tord, sa bouche fout le camp, on suspecte une thrombose. Il faut l'emmener dare-dare à l'hosto. De Bilde est là, si près de son père, mais il sent déjà le vide de son absence, le grand trou qu'on ne rebouche pas et qui reste toute la vie au milieu de l'estomac. Tout se bouscule, tout va trop vite, bordel : lorsqu'un infirmier interrompt son chemin devant la salle d'opération, sans même qu'il ait le temps d'en prendre conscience, De Bilde lui décoche un coup de boule dans les dents.

Je n'ai rien su de cette histoire à l'époque. Ni après. Des années plus tard, lorsqu'on a commencé à sortir, intimidés qu'on était par le monde des grands, on jouait aux durs à cuire pour donner le change, genre qu'il fallait pas trop nous emmerder vu comment on était capable de répliquer. Et même si on ne s'était jamais battus et qu'on ne se battrait jamais, on disait parfois entre nous, comme pour tempérer nos ardeurs de papier : fais gaffe mec, pense à De Bilde, un seul coup de sang et tu le payes pour l'éternité. Mais il n'y en avait donc pas eu qu'un, de geste, ni rien d'inopiné. Avant l'histoire de l'hôpital, et pour des raisons totalement fumeuses, De Bilde avait même molesté deux chefs scouts passés par chez lui ; par la suite, il s'en prendrait même à sa femme et à ses gosses. Il ne perdrait rien pour attendre, c'était vrai : pendant sa suspension à Anderlecht à la suite de l'affaire, il serait racheté à la sauvette par le PSV Eindhoven, de l'autre côté de la frontière. Même s'il brillerait encore parfois sur le terrain, il passerait la moitié de son temps à y lustrer le banc. On ne le reverrait plus tant en Belgique, pas comme avant, ou plus avec le même regard. J'avais fini moi-même par l'oublier, avec le football et le *Week-end sportif,* au fil des années.

Sophie était partie depuis deux semaines, j'ai recompté deux fois et ça tombait deux fois juste. En sortant du commissariat, je l'avais remerciée de m'avoir évité l'alcotest en déclarant avoir été au volant. Il n'y avait aucun obstacle sur la route, même pas de virage. Les flics ne s'étaient pas méfiés, mais pour Sophie, dans mon geste nul doute ne planait. Elle avait pleuré longuement au milieu de la fumée, elle avait répété pourquoi pourquoi mais comment c'est possible, avant que n'apparaisse la dépanneuse puis avait encore sangloté dedans. J'avais dit pardon mille fois, j'avais dit que c'était pas vraiment moi, que c'était un coup de folie, pas une seconde j'avais voulu nous tuer, mais Sophie avait dit je m'en vais et elle était partie. Ça faisait deux semaines et ça faisait comme deux mois. Je regardais des tutos cuisine, je regardais des tutos beauté. Je regardais des vidéos rétro football ou des séquences de coups de pieds arrêtés. J'ai revu Jan Ceulemans jeune, j'ai revu Jan Ceulemans vieux. Je suis retombé sur Gilles De Bilde. J'ai tout lu sur lui, sur l'avant et sur l'après. Je me suis repassé le coup de poing, trois secondes saturées de pixels, en faisant pause-play. Je n'y voyais plus de réflexe ni de reculade. Je n'y voyais plus qu'un geste de dégénéré. J'ai repensé à mes doigts sur le cou de Fabian, et à leur empreinte sur la peau de Sophie. J'ai revu les gifles et mes genoux broyer ses épaules. J'ai eu la nausée, j'ai repoussé mon ordinateur et l'ai refermé.

J'ai fumé une cigarette, j'en ai fumé une autre juste après. J'ai fait une série de pompes, je me suis fait couler un café. J'ai regardé le profil Facebook de Sophie, j'ai actualisé huit fois, puis j'ai parcouru celui de ses copines pour voir si elle n'avait rien écrit là. J'ai regardé une vidéo *best of* d'accidents de chantiers, j'ai regardé deux tutos bricolage. Ne m'écris pas, Sophie avait dit, de toutes façons, je serai déconnectée pour quinze jours, probablement davantage. Dans la première vidéo, on apprenait comment retirer une vis cassée à l'aide d'un élastique ; dans la seconde, à réparer un trou dans une planche de contreplaqué. J'ai compté les jours une fois encore, quinze, ça correspondait. J'ai retiré une vis brisée dans la table, j'ai réparé un trou dans le placo au-dessus de l'évier. J'ai eu subitement envie de courir, alors je suis allé sprinter comme un dingue sur les quais. Une dame s'est reculée sur mon passage ; j'ai pensé, t'as raison, je suis un grand malade et je me suis vraiment senti un gros taré. J'ai interrompu ma course, je suis remonté dans mon appartement. Sophie y avait laissé deux ou trois bricoles, une brosse à cheveux, une trousse et une boîte à bijoux, mais elle avait repris le principal ; les fringues et ses livres, éparpillés n'importe comment. J'ai contemplé mon trou rebouché puis j'en ai vu un autre à peine plus loin, un renfoncement qui dessinait presque l'empreinte de mon poing. Sur l'appui de fenêtre se trouvait une vierge au visage en ruines ; à mes pieds un grand vase en béton était fendillé. Il y avait aussi l'abat-jour en lambeaux, deux radiateurs éraflés, et je n'avais même pas pris la peine de nettoyer les traces d'un ketchup-molotov d'un repas trop animé. Lorsque je balayais l'appartement du regard, c'était une horreur, partout apparaissaient les stigmates de nos bagarres.

J'ai ouvert la porte de la penderie ; je ne l'avais pas touchée depuis le jour de mon arrivée en ville : elle était au fond, sous une pile de draps, la boîte à outils bleu roi. Je l'ai ouverte, j'ai tout étalé sur mon lit, j'ai soupesé le marteau, j'ai secoué le niveau. Ça semblait évident : il fallait réparer encore, il fallait tout réparer, et c'est ce que j'ai fait. Les jours qui ont suivi, j'ai comblé cinq trous, j'ai colmaté le pot de fleurs, j'ai débosselé une poubelle et restauré la vierge ébréchée. Ses lèvres remodelées et son bras désormais fixé en angle droit lui donnaient un air de catin qui fait du stop, mais peu importait, j'avais pris goût à ma tâche. Je me suis mis à raccommoder tout partout. J'ai racheté quatre assiettes en porcelaine à la brocante et j'ai mis une enchère eBay sur un grille-pain chromé. Dans le salon, j'ai accroché une gravure de Constantinople que j'avais trouvée chez l'antiquaire de la mappemonde. On y apercevait des barques accostées sur un quai bondé, des bâtisses enchevêtrées et, derrière, une Sainte-Sophie gigantesque se dressait. Sur le mur en face, j'ai affiché de vieilles photos héritées de mes parents. Sur l'une d'entre elles, mon grand-père paternel, âgé de dix ans à peine, levait le regard de feu dont mon père parfois faisait le récit. Il s'était fait seul une place dans la vie, il m'avait dit. Né dans la mouise dans le bas-quartier d'une ville de pouilleux, il avait fini par ouvrir à trente ans à peine sa propre charcuterie et même à devenir propriétaire des lieux. C'était aussi une vraie rosse qui n'hésitait pas à dispenser les pires humiliations aux membres de sa famille, ma mère m'avait raconté. Je me suis reculé pour contempler mon ouvrage. Les traces de lutte avaient presque toutes disparu ; la sensation de vide aussi. L'appartement était presque mieux qu'avant. Probablement qu'elle le remarquerait, et qu'elle me ferait des compliments, Sophie, lorsqu'elle reviendrait, car elle reviendrait, malgré toute la détermination qu'elle avait mise dans ses adieux, on n'avait pas traversé toute cette merde pour qu'elle se barre si vite, il devait y avoir un sens à tout ça. J'ai regardé de nouveau la vierge, qui louchait en plus de son bras déglingo et je lui ai dit : c'est bon maintenant, Marie, envoie-la moi.

Sophie me le raconterait un jour, elle avait pris l'autocar qui descendait de Cologne et avait passé quelques heures à Paris avant de prendre un autre car, puis un bus et enfin un taxi, qui l'avait conduite au pied de la montagne où se trouvait le gros chalet de bois blond que sa copine Laura lui avait vanté. C'est l'endroit parfait pour se ressourcer et, tu verras, c'est géré par une super nana, elle avait assuré. Sur la porte d'entrée, on lisait en grand l'inscription *Demain* et, juste dessous, une lucarne laissait entrevoir un grand salon parsemé de poufs et de gros coussins. Une dizaine de personnes séjournaient sur place, venues comme Sophie pour souffler ou parce qu'elles avaient pris leurs jambes à leur cou. Ça créait une forme de solidarité, cette communion dans la débandade ; une vraie bienveillance et beaucoup de respect émanaient des rapports entre les pensionnaires. De manière générale, la discrétion était privilégiée ; les téléphones étaient scellés dans une boîte de nacre à l'entrée, éteints pour les mauvaises ondes, qu'on repoussait également au sens figuré : en passant la porte de *Demain,* on laissait derrière soi ses peines et ses fardeaux, avait dit Éliana, qui dispensait les ateliers Qi gong et Ayurveda. Matin, midi et soir, tous se retrouvaient tapis de sol au pied pour suivre ses instructions : on relâche le diaphragme, balance sa respiration tel le ressac lancinant, on souffle aux six directions et on étire ses ailes comme le phénix devant l'horizon. La scène faisait parfois pouffer Sophie, mais Éliana l'y encourageait : le rire est un premier chemin vers la reconstruction, elle affirmait. Dans le groupe se trouvaient deux allemands très allemands, Stephan et Udo. Ils étaient drôles, presque solaires. Le soir, ils cuisinaient avec Sophie des plats qui respectaient l'harmonie de leurs corps et de la nature : des légumineuses, des épinards, toujours du curcuma et parfois pour le dessert un petit verre de liqueur pour se réchauffer l'intérieur. Sophie sentait son corps lentement se régénérer. Les bleus que l'accident avait imprimés sur ses cuisses s'effaçaient. Dans la chaleur du poêle à bois, le chalet paraissait un cocon dans la glace. Le matin, tandis qu'une mésange chantait sur le rebord de la fenêtre, elle se prélassait longuement, pelotonnée sous la couette, avant d'aller marcher dans le sous-bois.

Passés les premiers jours, pourtant, la sérénité de Sophie s'étiolait. Elle me le dirait plus tard : le plus difficile était de ne pas savoir. Peut-être étais-je en train de m'accommoder de son absence, et cette seule pensée la faisait chavirer. Tu me rends laid, je lui avais dit, et elle avait fini par y croire après avoir vu mes traits tordus par la haine si souvent. Maintenant que sa colère était retombée, Sophie réexaminait chacun de ses gestes. C'était vrai : elle avait du mal à se contenir, à concéder sa défaite, même une petite trêve ; peut-être même qu'elle ne parvenait pas à voir les choses autrement que comme un combat. Oui, trop souvent elle m'avait houspillé, plus que de raison, elle ne le savait que trop bien, au fond. Bientôt, Sophie se tordait dans son lit pendant que stridulait la mésange, et errait telle une âme en peine à l'orée de la forêt. Tout semblait si dérisoire, là-bas, le Qi gong, les poufs, le curcuma. Sophie aurait tant aimé me le raconter ; j'aurais ri avec elle, de l'absurdité de la situation, j'aurais passé mon bras autour de son épaule et on s'en serait allés tous les deux au bar-tabac de la ville à côté où l'on aurait pu plaisanter sans craindre de se faire assassiner du regard. Le soir de son arrivée, une discussion sur les bienfaits de la communication positive avait eu lieu, et c'était vraiment bien. Le deuxième aussi et c'était chouette pareil. Le troisième et le quatrième ça devenait un peu pèle-fion et le cinquième, Sophie avait failli gueuler qu'ils pouvaient se la coller cul, leur hypocrisie déguisée. Sophie avait à peine quitté sa chambre depuis. À plusieurs reprises elle avait manqué de reprendre son téléphone sous scellés ; ne pouvoir y toucher était une autre torture. Elle l'aurait rallumé dans la seconde si elle ne craignait que l'hypersensibilité aux ondes d'Éliane ne soit pas simulée et qu'elle vienne la gronder dans sa chambre comme une gosse mal éduquée. Derrière son apparente bienveillance, Éliane s'avérait finalement incroyablement rigide. Il semblait qu'elle ne tolérait nul écart aux ateliers, ni aucune absence, à se demander quelle sérénité la discipline pouvait bien lui apporter. Sophie soupirait désormais plus qu'elle ne respirait dans les six directions. Elle rêvait de réduire en pièces le CD d'Enya qui passait en boucle dans le salon. Bientôt, même la gnôle ne la réchauffait plus. Les Allemands étaient lourdingues au possible et lui donnaient l'impression de revivre en permanence la scène finale des *Bronzés font du ski.* Sophie me le dirait plus tard : elle avait compris qu'il était inutile d'acheter des billets pour se carapater plus avant : ce n'était pas ailleurs qu'elle trouverait la paix.

Peu avant que Sophie ne me quitte, vu la tenue impeccable de mon rayon marche sportive et kayaking, j'avais été promu au département trail et course à pied, qui était en plein boom avec deux ans de retard sur le reste du monde, comme à peu près toujours dans la région avec les trucs branchés. Ça signifiait que je passais enfin d'un CDD à un contrat à durée indéterminée. Cette indétermination, pourtant, m'avait fait trembler. Je me voyais répondre aux mêmes demandes - les pantoufles de gym (allée 8) - pour la vie entière sur une playlist tournant dans une boucle infinie dont désormais je connaissais toutes les nuances, même la durée des blancs entre les morceaux qui me tailladaient les oreilles jusqu'à me foutre la migraine ; la migraine aussi, cette odeur de caoutchouc de synthèse qui me rentrait à travers tous les pores, à tel point que même après mes douches carabinées je la sentais encore coller à ma peau. Lorsque je me couchais le soir, je rêvais de rayonnage et d'ordonnancement, et pendant la journée aussi, ça continuait dans ma tête comme un mantra bizarre tandis que j'ordonnançais vraiment. Je devenais un homme-machine. Je devenais un homme-Decathlon. Mon salaire avait été augmenté mais ça m'apparaissait comme un autre asservissement ; je pouvais me faire une garde-robe correcte, je ne comptais presque plus mon blé lorsque je mettais un verre au bar, et évidemment je sentais croître ma dépendance à cette nouvelle prospérité. J'ai acheté une belle paire de pompes italiennes en cuir marron pour contraster avec les baskets produit blanc du boulot, puis j'en ai acheté une autre identique en vert bouteille. J'admirais mes modèles posés sur une étagère et j'hésitais entre sentiment de contentement et ridicule profond. Dans mon appart, le temps aussi était désormais sans fin. Je regardais des clashs TV toujours plus caricaturaux, des vidéos d'accidents de rallye ou des compétitions de marteau explosif à Mexico. Je regardais De Bilde - une droite incroyable en effet - et je ne parvenais pas à savoir si nous étions des hommes ou des salauds.

Je baignais dans un demi-sommeil lorsque le téléphone avait sonné, mais il m'avait suffi de voir apparaître le nom de ma mère sur l'écran pour que je comprenne de quoi il retournait. On nous avait conseillé de nous préparer, à la maison de repos, le mois précédent et, depuis lors, on se préparait. Un jour pendant l'absence de Sophie, j'avais fait la route pour aller embrasser ma grand-mère. On aurait dit un petit animal apeuré, Rose, perdue dans son gigantesque lit médical, une bestiole un peu bizarre, un ornithorynque ou une sorte de tapir, parce qu'on lui avait retiré son dentier et sa bouche lui faisait comme une trompe fripée depuis laquelle s'échappait de temps à autre un sourire enfantin qu'on avait rarement pu voir aussi pur et lumineux dans le visage d'un adulte, même avec cet allure étrange d'animal merveilleux. C'était dans ce même lit qu'on l'avait retrouvée inanimée, avec déjà sur les os la peau jaune et cireuse qu'ont les vieux lorsqu'ils meurent. Le matin, elle ne s'était simplement pas réveillée. On l'avait emmenée à l'hôpital, en urgence, mais pas trop : elle avait quatre-vingt-six ans et un corps usé jusqu'à la corde dont personne ne doutait qu'il ne pouvait plus que rompre, même pas Rose, qui tentait depuis des années de s'y préparer sans succès ; elle qui n'était pas très pieuse ne pouvait s'empêcher de s'épouvanter devant la béance monstrueuse qui menaçait de l'engloutir. Ce n'était pourtant pas comme si la vie lui avait fait beaucoup de cadeaux, à Rose, elle l'avait traversée le dos courbé dans les champs, au milieu des clapiers qui puent la fiente ou à récurer d'autres merdes dans les bureaux du centre-ville pour ne trouver finalement, le soir chez elle, nulle autre chaleur que celle d'un poêle à gaz qui claque dans le silence de son hiver sans fin de veuve précoce. Il n'empêche qu'elle n'avait jamais perdu sa fierté. Elle ne l'aurait jamais dit, mais elle s'était sentie incroyablement diminuée lorsqu'à son arrivée à la maison de repos, on s'était mis à lui parler de pipi, de caca et même de popo avec d'abominables intonations d'école maternelle, comme si, pour faire le choix de venir s'enterrer dans un tel trou, elle ne pouvait être que sénile ou complètement attardée.

Jusqu'au bout, elle refuserait de se faire infantiliser, Rose. Elle avait toujours vécu ainsi. Lorsque gamin je me ramassais la tronche en courant sur le béton de sa terrasse, elle me l'expliquait dans son patois plein de rudesse des Pays-Bas, que le plus important dans la vie était de mordre sur sa chique. Alors donne-moi une chique, je lui répondais en ravalant mes sanglots. Non, elle voulait que personne ne l'aide, Rose. L'amour-propre était une des dernières choses qu'elle avait pu conserver de sa vie d'autrefois, avec deux faïences de Delft et un chameau de bois sculpté qu'elle avait rapporté d'un voyage en autocar à Rabat. C'était sans doute aussi pour cela qu'elle avait manqué de protester, quelques semaines plus tôt, lorsque des heures durant on l'avait laissée macérer dans sa propre pisse. Faites dans votre lange, Madame Willems, l'infirmière lui avait lancé dans l'entrebâillement de la porte. Elle en avait rougi de honte, Rose, une fois laissée à elle-même, de s'entendre ainsi faire sur elle en silence. Depuis longtemps, ses vieilles jambes lui refusaient toute échappatoire. Le personnel était sur le qui-vive à la maison de repos, on avait expliqué à ma mère qui, dans la tradition familiale de ne jamais trop protester, n'avait pas bronché. C'est étrange comme c'est ancré dans les réflexes des petites gens de si peu s'indigner devant l'ignominie. Souvent, on pense que c'est une forme de paresse, du désintérêt ou de l'ignorance, mais la plupart du temps, moi je le sais : c'est juste une question de survie. Longtemps elle s'en voudrait, ma mère, de n'avoir, par seule peur de représailles, osé monter au créneau. D'autant que ce fut une infection urinaire qui aurait raison de ma grand-mère, elle qui était si digne. Oui, du début et jusqu'à la fin, et presque littéralement, elle aurait eu une vraie vie de merde, Rose. Et malgré tout, il y avait cet éclat magnifique dans son sourire. Le jour de ma visite, ma cousine et sa fille se trouvaient également sur place. Rose n'avait cessé de s'extasier devant la beauté de la petite. Sa mémoire lui jouait de tels tours qu'elle ne cessait de redécouvrir par enchantement un nouvel enfant qui resplendissait au pied de son lit. Il suffisait qu'elle détourne son attention quelques secondes pour que la magie opère de nouveau. C'est peut-être pour cette raison qu'elle ne parvenait pas à se laisser partir, Rose : en vérité, elle n'en avait pas assez usé, de la vie, si ce n'est sa vieille peau.

De retour de la maison de repos, j'avais traversé mon ancien village et revu tous ces lieux dont j'avais tant voulu fuir la torpeur autrefois. Les gars de l'école étaient devenus des hommes désormais ; devant le café où ils se jetaient des pintes, certains portaient désormais le teint rougeaud que leurs pères affichaient quelques années avant eux. Plus loin, dans le parc industriel, se dressait le hangar de la fabrique d'éponges où j'avais bossé adolescent. Il m'avait bien foutu la nausée, le monde de l'entreprise à l'époque, même alors qu'on n'avait pas encore inventé les concepts vomitifs de team-building ou d'employé du mois. À la fabrique, on ne tentait pas trop d'enrober le caca dans un bel emballage : il n'y avait que l'ennui, affiché sur tous les visages dans l'entrepôt qui, depuis les bureaux en haut, ressemblait à un terrarium plein de fourmis. Tout s'y faisait de manière méthodique, presque martiale, dans une ambiance totalement maussade et à peine interrompue par la pause tartine-boudin au réfectoire, cet autre bocal à l'intérieur du grand bocal. Mon superviseur s'appelait Monsieur Maes, un grand gars au crâne chauve visiblement pas trop contrarié par sa condition d'insecte en captivité. Monsieur Maes prenait son boulot avec énormément de sérieux : même reclasser de vieilles fiches périmées de Rolodex, il semblait trouver ça acceptable, Monsieur Maes ; c'était la tâche qu'il m'avait assignée. Ou peut-être avait-il tenté de me donner une bonne leçon de vie : au moins tu sais ce que tu ne voudras jamais faire plus tard, il m'avait dit au terme de l'été. Je dois dire que je l'ai pas si bien retenue, sa leçon. J'ai foncé sottement comme plein d'autres sans voir tous les pièges dans lesquels je mettais les pieds. C'est sûr qu'elle m'aura bien déçu, cette vie, ou une partie du moins, qui n'aura tenu aucune de ses belles promesses en matière d'accomplissement personnel. En réalité, c'est peut-être ce qu'il avait essayé de me dire, Monsieur Maes, le dernier jour de mon boulot : que tout était profondément vain.

Au rayon trail et course à pied, je travaillais avec deux collègues un peu plus âgés que moi, le premier s'appelait Raymond et l'autre Olivier. Raymond parlait à très fort volume et s'était auto-proclamé comique du magasin. Pour justifier son statut, il lâchait de la vanne au kilo, avec pas mal de déchet évidemment, sans compter qu'il ponctuait chacune en me regardant de manière insistante, l'air d'attendre mon hilarité, et pour ne pas le peiner, à demi-honteux de ma couardise, je m'exécutais, haha très drôle, poil au cul, je disais. Olivier était d'un autre genre, il était chef de rayon (*sportleader*, ça s'appelait, tandis que nous étions seulement *teamplayers*) et possédait une manière très personnelle de donner ses instructions, presque toujours de manière indirecte voire insidieuse. Pour que je morde un peu sur mon temps de travail par exemple, il évoquait, *corporate*, le coût élevé que je représentais pour Decathlon ou la chance que j'avais, malgré mes compétences limitées, à être muté dans la course à pied, dans laquelle lui excellait, ainsi qu'en attestaient les vêtements anti-transpiration qu'il portait sous son gilet floqué. Aux demandes claires et frontales, Olivier préférait toujours une sollicitation allusive, et cela fonctionnait très bien avec moi qui craignais tant de décevoir. Parfois aussi, il manifestait une sorte d'irritation rentrée ; Olivier, je crois, détestait son job, il attribuait son malheur à la terre entière, et à moi en particulier qui semblais m'en accommoder. Il suffisait que j'arrive en sifflotant pour que je voie ses narines se dilater ou que j'ouvre la bouche, même pour énoncer un truc aussi neutre que l'heure - 9 h 30 - pour qu'il me corrige. 9 h 32, il précisait. Très vite, je n'ai plus pu l'encadrer. J'ai commencé à lui faire des doigts d'honneur dans le dos et à lâcher des mollards dans son mug de café. Je lui écrivais des mails que je ne lui envoyais jamais. Ils commençaient par Chère grosse merde ou Chère grosse crevure de merde. J'imaginais le tirer par l'oreille à travers l'escalator et le dégager dans les roll-ups qui flottaient dans la rue d'un bon coup de semelle italienne au cul.

Je ne pouvais décemment pas continuer comme ça, je le sentais au fond de moi. Ce n'était pas seulement Olivier, c'était aussi Raymond qui, une fois passée la phase exotique, était finalement aussi autocentré que l'autre gros con. La playlist continuait à tourner inlassablement entre une vanne pouète-pouète-camionnette et un ordre sournois, et ça puait toujours le caoutchouc de partout, malgré la soufflerie permanente de la clim dont j'avais jusque-là ignoré le vrombissement oppressant ; un jour, j'ai entendu un pantoufle de gym au milieu du FFSCHH des ventilateurs qui succédait à un refrain final (doublé) ; j'ai manqué de mettre une manchette au client qui m'avait interpellé.

Au cimetière, lorsqu'est finalement morte ma grand-mère, mon frère m'avait dit, en regardant descendre lentement son cercueil dans la fosse à l'aide d'une petite grue électrique : elle a eu une vie inutile, une vie qui ne laisse pas de traces ni de souvenirs, même pas pour elle,

elle n'en a jamais eus. Tout semblait si con et dérisoire, Boris disait vrai. J'avais la sensation de courir dans le vide ou de marcher dans le sable. Je pensais inlassablement à Sophie. Sophie n'était pas venue à l'enterrement. Elle était partie depuis quatre semaines maintenant. Je lui en avais voulu. Pour tout dire, la détester m'avait franchement aidé. Mais maintenant que la haine s'était diluée, il ne restait de son départ que la souffrance de son absence. J'étais allé prendre un verre au bar après le travail. Des cartes postales étaient affichées derrière le comptoir, Varsovie, Côte d'Azur, la Sicile et, blanc sucre au bord de la mer, l'Etna. Je ne connaissais toujours presque rien de tout ça. J'avais regardé mes belles chaussures posées sur le repose-pieds et j'ai eu un flash. Ce soir-là, le jour qui a suivi et le suivant encore, j'ai cherché sans relâche, et un jour, un mardi soir, c'est apparu.

Il se trouve un village, à demi-perdu dans les méandres du Tibre, au nord du Latium. Au commencement, il n'est qu'un trait de lave perdu au milieu d'un océan préhistorique. Puis un jour, l'océan se retire et il devient un récif sur une gigantesque plage de sable blanc. Des millénaires s'écoulent. Le rocher sert de promontoire aux lézards, aux limaces ou aux luzernes. Mais un autre jour arrivent les hommes, qui en creusent le tuf pour s'y réserver des cavernes. Le rocher devient un refuge, et la plage une forêt. Il y pousse des lichens et des salicornes comme sur le littoral, désormais à plus de cinquante kilomètres de là. Des siècles s'écoulent. Sans doute personne ne l'a-t-il remarqué d'abord : la forêt-plage très lentement se creuse et s'abîme. Le vent y aiguise des crêtes et la pluie en polit les arêtes. Bientôt ne subsistent plus que de gigantesques lames d'argile aux allures de vagues figées en plein mouvement. Au fil des siècles, tout fout le camp autour du rocher devenu falaise. Dans les faits, le rocher lui-même s'érode lentement, puis parfois très vite : une nuit, un tremblement de terre précipite ses parois dans le vide. On est au XVIIe siècle et on craint maintenant la ville comme la peste. On l'appelle la ville qui se meurt. Les jours de brouillard, elle émerge de la brume telle un vaisseau fantôme au milieu d'une mer pétrifiée. Le spectacle est proprement grandiose. Trois cents ans plus tard, le rocher attire de nouveau les regards, d'autant qu'il ne cesse de s'élever toujours plus haut sur son lit de sables mouvants. Les touristes affluent : des Japonais masqués, des Danois en sandales, mais aucun d'entre eux ne parvient à atténuer la beauté du lieu. Je l'ai découvert un jour sur internet entre une vidéo sur la pêche au thon et un reportage sur la confection des cannelloni. J'en ai contemplé les images des heures durant : c'était notre bulle. Sur un site web immobilier, j'avais vu un local de quelques mètres carrés à louer. On pourrait mettre un lit à l'arrière et quelques tabourets devant un comptoir pour vendre des granitas pendant la journée comme on en avait rêvé.

Il n'y a pas eu de poignantes retrouvailles. Il n'y a pas eu de course folle sur un quai de gare, de baisers passionnés sous une pluie battante et des feux d'artifice qui éclatent en arrière-fond. Un jour elle était partie, un jour elle était revenue. Le matin, cela sentait de nouveau le café et le pain grillé. J'avais réapprovisionné le frigo et acheté quelques bouteilles de vin, du chablis, sans plus de r à rouler, qu'on savourait dans le salon lorsque le soir tombait. Sophie avait remis ses fringues dans mon appartement nickelisé, et on avait dégagé nos vieilles loques. Après deux années de piges dans la presse poubelle, Sophie avait postulé plus large et, au retour du chalet, elle avait trouvé un contrat pour un boulot totalement nouveau ; elle assistait la costumière de l'Opéra. Elle me racontait les tenues, le labyrinthe derrière la scène, les spectacles et la frénésie dans les coulisses pendant. Je la regardais tandis qu'elle me parlait, elle brillait comme autrefois. Le soir de nos retrouvailles, on avait fait l'amour comme la première fois, emplis de crainte et d'excitation ingénue, et la fois suivante et celle après encore, c'était aussi comme au tout début. Je retrouvais le bonheur de m'abandonner contre elle lorsque le sommeil finissait par me prendre. Je m'en réjouissais toute la journée et je tentais de faire durer le moment pendant de longues minutes avant de sombrer.

Je ne lui ai pas parlé de suite du village sur le rocher. C'était trop tôt. Je lui parlais de vie d'errance ou de bohème, de ces gens qui avaient coupé leurs entraves. Je lui montrais des photos. Parfois elle rêvait avec moi. Depuis quelques semaines, les conflits s'étaient faits rares. Mon enthousiasme et le bonheur de la surprise que je lui préparais rejaillissaient sur moi ; juste quelques piques toujours ; pour me séduire, je me disais.

9

Ils constituaient les deux faces d'une même pièce. Pendant des années, j'avais échoué à le voir. Jusque-là, mes parents formaient à mes yeux deux entités séparées : ce petit homme coléreux et autoritaire et son épouse déférente et effacée. Ma mère, je l'avais toujours vue enchaînée à mon père comme une victime à son tortionnaire, puis un jour elle avait rompu ses liens et s'en était allée. J'ignore pourquoi subitement. Je sais qu'à l'époque les assiettes se brisaient plus souvent. Elle avait empaqueté ses effets les plus précieux - un chapelet, sa robe de nuit à fleurs et un tricot - et un matin elle avait fui. Mais même après quelques jours dont on aurait pu croire qu'elle s'était enfin libérée - elle s'était réfugiée chez sa sœur qui lui avait bien dit, pourtant, de se méfier de ce nabot -, ma mère avait fini par se repointer à la maison avec le chapelet, la robe à fleurs et le tricot. On aurait pu imaginer une forme extrême d'emprise perverse, ou de domination insidieuse qui aurait exercé son pouvoir à distance, et évidemment il y avait un peu de ça, mais pas seulement, je crois ; je finirais par comprendre, au retour de Sophie, et toutes les pièces du puzzle s'emboîteraient : il en allait plutôt d'une sorte d'attraction irrésistible, un magnétisme mystérieux qui les poussait l'un vers l'autre, presque contre leur gré. En réalité c'était plus que ça encore : mon père constituait la face sombre de ma mère. Elle lui avait délégué l'autorité et la colère ; il lui avait abandonné l'indulgence et la piété. Grâce à lui, elle avait pu faire son chemin dans le monde sans jamais devoir s'y corrompre. Elle avait corrigé ses fils à travers sa main à lui ; elle avait honoré ses factures sans se souiller les doigts. Ma mère avait pu éprouver sa foi immaculée pleinement et absolument. En échange, il lui avait confié sa propre rédemption ; sans cesse, je le savais, ma mère priait pour le salut du vieux. J'imagine qu'il s'agissait d'une sorte de contrat tacite entre eux, ça avait quelque chose de touchant au fond, de les voir tous les deux tellement liés, même si mal liés. L'un ne pouvait vivre sans l'autre, le père en était profondément incapable malgré ce qu'il avait pu pester contre sa femme et elle pareil, en dépit de ce qu'elle en avait bavé. Oui, ensemble, ils formaient une entité étrange, difforme, caricaturale, une créature mi-ange mi-démon faite de rage et d'expiation. Ma mère avait arrêté le taxi devant le garage au retour de chez sa sœur, puis avait remonté l'allée au pas de course presque, pour retrouver mon père, qui était pour une fois apparu comme il était vraiment : en le tenant dans ses bras, on aurait dit - je les observais discrètement depuis la fenêtre - qu'elle le portait.

Ce jour-là, je comprendrais aussi ces mots entendus si souvent à travers le trou du plancher : tu me fais être laid, mon vieux lançait dans sa langue fourchée de colère. Oui, pendant toutes ces années, ma mère avait dissimulé sa propre indignité derrière ses traits ; d'une certaine manière, ne serait-ce qu'un peu, c'était par amour pour elle qu'il s'était sacrifié. Ça me l'avait rendu pour une fois presqu'humain quand je l'avais entrevu enfin.

De loin, depuis la ville d'où je les regardais maintenant, mes vieux ressemblaient à un duo d'apprentis-sorciers. Je leur rendais visite de temps à autre ; on mangeait un poulet-frites ou une tarte aux marrons, avec le bourdon du frigo pour seule musique de fond. Les mots étaient toujours sans saveur ni matière. On disait toujours passe-moi le sel, j'ai vu la voisine ou demain il pleut. Tout sonnait tellement creux et à la fois si lourd que cela me donnait parfois envie de hurler au milieu du séjour à m'en déchirer les poumons.

Et ça n'avait pas été bien différent ce jour-là. J'avais embrassé Sophie au réveil avant de me rendre chez mes parents ; je m'étais empiffré en maraudant dans leurs armoires comme à mon habitude en attendant de passer à table, puis le repas avait été servi, avec les formules creuses et les bourdonnements domestiques en musique de fond. Je pensais à Sophie, restée en ville pour assister aux répétitions d'un spectacle. J'ai repensé à la nuit précédente lorsqu'elle s'était accrochée à moi comme une araignée pendant que des bourrasques faisaient trembler les murs de l'immeuble de la tête au pied ; on se serait cru sur un navire au milieu de la tempête, on se serait cru dans notre petite bulle en vrai. Mon père a demandé les épices ; ma mère a signalé quelques gouttes de pluie. On entendait tic tic les couverts, les pantoufles molles qui piaffent et les déglutis longs de la vie d'ennui. J'ai repensé au village sur le rocher et au petit local à louer. J'ai failli m'écrier : j'ai trouvé une maison en Italie. En fait, je l'ai fait. Un silence a suivi. Puis un autre. Puis j'ai tout déballé : le comptoir, les granitas, les tabourets. J'ai évoqué le vent qui sifflait là-bas entre les lames de sable, je l'avais lu, comme si le rocher était toujours perdu tel un trait au milieu de l'océan disparu. Quelques jours plus tôt, j'avais envoyé un message à l'agence immobilière qui louait le petit local et on m'avait répondu dans un anglais aussi approximatif que le mien : l'espace était une ancienne remise, vide de tout équipement et à peine alimentée en eau et en électricité. Ça ne m'avait pas rebuté, au contraire, je m'étais vu y bricoler, je savais le faire désormais ; nettoyer les brèches, calfater les trous ; Sophie m'aurait aidé à retirer les balatum gluants, à détapisser et à peindre ; je lui aurais mis un petit coup de pinceau sur la joue, elle de rouleau sur mon front, ça serait de nouveau parti en bagarre, puis on aurait fait l'amour à walpé au milieu de la colle et du papier. J'étais quasiment en train de décrire la scène à mes parents, les coups de pinceau et nous à poil excepté, et elle m'avait semblé plus réelle encore. Je m'étais mis à rire tout haut d'aise, puis ça avait claqué, comme cela claquait toujours tellement : tu parles même pas italien. Essaye déjà de t'en sortir ici avant de t'imaginer là-bas. Dans un coin de la cuisine ma mère faisait un sourire malaise, un poêlon en main. L'odeur des légumes vapeur me montait subitement au nez, le ronron du frigo me crevait les tympans. Laisse tomber, c'était une idée comme ça, j'ai sifflé entre les dents.

Sophie est revenue de l'opéra quelques minutes après mon propre retour. Le metteur en scène, un Roumain fantasque et très sympa, leur avait demandé de repenser l'Arlequin version postmoderne. Évidemment, Sophie, c'était son domaine de prédilection, et déjà elle débordait d'idées, elle m'en avait fait l'inventaire d'emblée en me retrouvant sur le canapé. Demain était lundi et elle avait déjà hâte de reprendre le boulot ; demain était lundi et j'ai pensé à Raymond et Olivier que j'avais d'avance envie d'encastrer. J'avais envie d'encastrer le monde entier. Sur la route du retour, en ruminant les mots de mon père, j'avais fait une demi-queue de poisson à un petit vieux en Fiat Uno qui m'avait brûlé une priorité. Je vais te faire bouffer ta moustache, vieil enculé, j'avais hurlé par la fenêtre comme un dingue. Ça a été chez tes parents ? Sophie avait fini par demander au terme de son récit. Elle avait pris la direction de la douche et fredonnait déjà. Je crois qu'elle m'entendait même pas.

On était allés se balader dans le parc en fin d'après-midi, c'est Sophie qui en avait eu l'idée. Elle m'avait dit tu sais, je me plais bien ici pour la première fois, et ça m'avait pincé plus encore l'estomac. Je n'avais pas manqué de souligner la saleté des allées où traînaient un landau en ruines, un brasero de fortune et des canettes de bière éventrées. Mais ça n'avait pas pris : il la séduisait beaucoup, finalement, ce je-m'en-foutisme local, elle avait dit. La ville était un peu foutraque, presque exotique, et c'est précisément ce qui lui donnait parfois sa saveur de sud même très haut dans le nord. J'ai dit vraiment ? d'une voix la plus dégueulasse possible puis elle a dit de nouveau : oui, je me plais bien ici.

Peut-être que cela rendait les choses plus intolérables encore, cette sérénité qui s'étendait partout autour, les arbres en fleurs et la brise qui caresse leurs frondaisons. Un cocker folâtrait dans les sentiers et un gardien bonhomme, casquette relevée, faisait sa ronde avec en bouche un vrai épi de blé. Il le mâchouillait d'un air béat, le gardien, comme si pouvaient vraiment satisfaire à sa vie ce brin de verdure et un pet de vent. Il ne voyait sans doute rien d'autre derrière la vie, le gardien, tandis qu'il terminait sa patrouille. Et il ne présumait assurément rien de ce qui se jouait derrière nos airs polis lorsqu'on l'avait dépassé. Mais qu'est-ce que tu racontes ? j'avais fini par laisser échapper. Pendant des mois, tu as martelé le contraire. Pendant des mois tu n'as pas cessé de tout discréditer ici pendant que moi j'essayais de tempérer. J'ai dû tout supporter : le mépris, le dégoût, la hauteur. Et tu sais quoi ? Tu as réussi. Tu as fini par me convaincre, tu m'as converti. Moi maintenant je déteste ce putain d'endroit. Mais je me suis tiré les doigts du cul, moi. T'imagines même pas ce que je préparais pendant que tu étais en train de te lamenter. Si tu savais le temps que j'y ai passé pendant que tu faisais ta retraite au milieu des montagnes, en pensant que le bonheur allait te tomber dessus parce que tu te recentrais sur ta propre gueule sur ton tapis feng shui. Mais moi je me suis battu pour notre vie, si tu savais. C'est pour toi que j'ai fait ça, pour toi et personne d'autre, pour ton envie dévorante de foutre le camp que sans cesse tu rabâchais. J'allais te le dire, là, j'attendais le moment, que j'avais trouvé l'endroit où on allait vendre nos granitas. J'ai même écrit à l'agence, et ils m'ont répondu. C'est pour toi que je l'ai fait, pour aller ailleurs, pour le voir en vrai, ce putain de monde dont tu n'arrêtais pas de me rabâcher.

On était arrivés devant la fontaine de la canicule. Le parc se vidait peu à peu des promeneurs. En contrebas, on pouvait voir la ville s'éteindre dans le crépuscule. Mais j'ai jamais dit ça, elle avait répondu, pas de cette manière, pas comme tu crois, j'ai jamais vraiment voulu partir, pas pour toujours, plus maintenant du moins, comment tu as pensé ça alors que j'ai construit ma vie ici ? J'ai jamais voulu tout laisser tomber. Le cocker s'était mis à courir autour de nous maintenant. Il croyait à une espèce de jeu, ou il était excité par l'électricité qui flottait entre nous deux. Souvent j'ai pensé, j'ai dit, tu dois la laisser tomber, tu dois partir et tout reprendre de zéro. Alors je pense à mes valises, j'imagine faire mes valises, je me dis que je dois les faire en tout cas, mais je ne sais pas par où débuter ni par quoi. Je pense à mes disques mais ils sont mélangés avec les tiens, et je les mettrais où, de toute façon ? J'ai nulle part où aller. Puis je m'en fous de mes disques, je veux juste tout recommencer. Mais tu sais quoi ? J'en suis incapable, parce que je ne sais pas quoi faire sans toi, parce qu'une fois que la haine tombe, je peux pas m'empêcher de t'aimer. Et je t'aime tellement que je me sens coupable de ne pas pouvoir vivre avec toi. C'est fou, non ? de toujours en revenir à ça, à la culpabilité. Toute cette culpabilité que je porte sans cesse. Je reconnais mes fautes, tu sais. Je sais que je t'ai malmenée. À plusieurs reprises, je le sais. Je porte mes fautes, je ne me défile pas. Mais je dois te dire une chose une fois pour toutes aussi : si tu t'étais tue, rien ne serait jamais arrivé. Même si ça fait mal à entendre, tu n'as jamais voulu te taire et tu le savais, bordel. Je ne suis pas beau avec toi, putain. Je sais que c'est pas que toi, c'est pas de ta faute seulement ; c'est notre relation : elle me rend moche, et brutal, et con. Tu vois, moi aussi je suis capable de sortir les mots comme toi. Je peux te dire tout si tu veux, je peux tout déballer : c'était pas des dauphins qu'on avait vu ce jour-là dans le sud, c'était un morceau de récif balayé par les vagues. On voyait juste ses arêtes à cause de la marée, je l'ai observé longuement après que tu t'es retirée. C'était pas des dauphins. Des dauphins il n'y en a plus que dans les dépliants à touristes ou sur les posters des hôtels. Ça fait des années qu'ils ont fui, les dauphins, à cause de la pêche à l'espadon qu'on s'était bouffé toi et moi dans la taverne près du ponton. Je te l'ai pas dit alors, et une fois de plus, j'aurais dû. Mais voilà, je le sais, c'est maladif, il faut toujours que je rende tout beau pour toi, il faut toujours que j'enjolive. Mais moi je me l'étais ravalé le moment tellement magique des dauphins. J'y ai pas eu droit comme toi. Je l'ai vécu plein de tristesse dans mon coin. Pourtant je te l'ai donné, comme je t'ai donné tellement de choses, Sophie, des choses que tu vois jamais, parce que moi je dis rien, je souligne pas à chaque fois, pour que tu me remarques, j'ai fait tellement de choses que tu n'as pas vues, j'en fais tant que tu vois plus rien. Tu peux en rire, tu peux trouver ça ridicule, car ça l'est, oui. Tu peux même te dire que j'en remets des couches, pour me donner le beau rôle, mais ce n'est pas le cas, il n'y a rien de beau à cela. Je sais ce que j'ai fait, je ne suis pas idiot : je nous ai rendus laids. J'ai tellement fait, j'ai tellement tout fait mal en réalité, que ça nous a défigurés. Toi tu es défigurée, Sophie, tu le sais pas mais c'est à cause de moi, moi seul, comme un sorcier malade. Je sais que je t'ai toi aussi faite moche, je t'ai défigurée.

10

Et d'abord il n'y avait que la brume partout autour, et la brume était si dense qu'on aurait dit qu'il n'y avait pas de partout ni d'autour. Seulement le vide, et que j'y flottais, ou que j'y chutais, indéfiniment, et peut-être était-ce la sensation intolérable du sol qui ne cessait de se dérober sous mes pieds qui me ramenait au monde car j'en sentais bientôt le poids, le poids monstrueux du monde écraser mon visage au fond des draps ; je reconnaissais sous mon corps l'empreinte meurtrie du matelas, je sentais ma tempe brûlante, ma veste, lourde, qui pesait sur mes épaules, l'étreinte moite de ma montre autour de mon poignet et mon poignet qui faisait mal, alors j'ouvrais les yeux ou je croyais les ouvrir car le brouillard était de nouveau là, et quelque part dans l'ombre électrique, une présence se détachait, un présage funeste qui piaffait et d'un coup surgissait.

Elle hurlait. Aucun son ne sortait de sa bouche déformée par la colère pourtant. Est-ce qu'elle brassait l'air de ses mains ? S'avançait-elle ou reculait-elle lentement ? Je ne voyais que son visage animal rugir dans le néant.

Peut-être mon corps s'était-il soulevé tout entier sous la violence du choc puis, comme libéré des profondeurs où il se trouvait enferré, remontait lentement à la surface. Je renaissais au milieu de la chambre, et tandis que le cauchemar se dissipait dans le brouillard et que le brouillard s'évanouissait après, il ne restait qu'un silence assourdissant. J'ai parcouru le matelas du revers de la main ; il n'y avait que le drap vide et le froid humide qu'exhalait son absence. J'ai dit Sophie mais je me suis étranglé. De l'alcool se débattait dans mon sang, je le sentais, et il avait suffi que je tente de redresser la tête pour que ça commence à pétarader ; un carillon géant à l'intérieur, avec des bourdons et des clochettes qui tintent des orbites à l'occiput, dans les tempes, les maxillaires, et battent leur mesure d'enfer jusque dans les vertèbres. J'ai gémi, j'ai reposé ma nuque contre l'oreiller, j'ai convulsé.

Alors je suis allé chercher très loin mes forces, j'ai bravé la pesanteur qui me collait au fond des draps et la douleur qui rayonnait jusqu'au bout de mon crâne, et tandis que dans ma tête reprenait la danse infernale, je me suis traîné jusqu'à la salle de bains à quelques mètres qui en paraissaient cent. J'ai deviné du bout des doigts le lavabo, j'ai agrippé la poignée du robinet qui a rechigné une seconde puis s'est épanché à grands flots.

Ce n'était d'abord qu'un sentiment diffus, la sensation vague de quelque chose d'inhabituel auquel je ne parvenais pas à donner forme tandis que rugissait le torrent, puis bientôt se dessinait dès qu'il s'était tu : j'étais seul chez moi. Je me suis laissé choir et, assis sur le plancher, j'ai prononcé un Sophie de plus qui a sonné métallique et con dans l'espace clos. J'ai fermé les paupières parce que ça tanguait, puis les ai rouvertes parce que ça tanguait aussi. J'ai enfoncé l'interrupteur mais la lumière me foutait la gerbe. Je me suis rapproché de la cuvette et j'ai craché pour dégorger, mais rien n'est sorti excepté un hoquet bizarre qui m'a déchiré l'intérieur. À quatre pattes, je suis repassé dans la chambre, et dans la chambre subitement je crevais de chaleur. J'avais mes fringues sur moi, mais pourquoi j'avais mes fringues sur moi ? J'ai fouillé mes poches : mes clés, mon téléphone. J'ai approché l'écran de mes yeux, j'ai vu Sophie comme je l'avais vue mille fois : accoudée à une table, riant dans le crépuscule doré. Un vertige. Un nouveau hoquet.

Tu es laide quand tu gueules, j'avais lancé comme si je crachais un glaviot. Tu es laide, tu es laide, j'avais répété, car je répétais mes mots toujours plus forts dans la fureur. Ils s'éparpillaient dans la pièce, rebondissaient contre les murs puis résonnaient en moi comme venus de l'extérieur. Ils prenaient corps, ils se matérialisaient : laide, elle était.

Et lorsque j'ai de nouveau fixé son portrait sur l'écran du téléphone, l'éclat qui l'auréolait semblait avoir voilé. Un soir gris-glauque était tombé sur la perspective et quelque chose d'emprunté figeait ses traits. Était-elle en train de sourire ou se riait-elle de moi ? Dans l'œil de Sophie semblait briller une flamme de malice, de dédain peut-être : une hauteur qui me rapetissait. Et d'un coup l'espace autour de moi se révélait dans toute son exigüité. Tout ployait, tout pesait ; le plafond au-dessus de ma tête, les murs, l'air, non pas l'air : un bouillon de chaleur moite qui étranglait l'atmosphère. Il fallait que je sorte, il fallait que je fuie, boire à grandes goulées la fraîcheur de la nuit. J'ai palpé le trousseau dans ma poche, j'ai titubé vers la porte, dévalé l'escalier quatre à quatre et me suis engouffré dans la rue.

Ce fut comme si j'étais frappé par une nuée de flèches. Comment je n'avais rien entendu depuis l'intérieur ? Il tombait des cordes, lourdes et froides, qui transperçaient la nuit orange réverbère pour s'abattre sur mon crâne brisé. Ça pissait de partout, dans ma nuque, dans mon dos, jusqu'à l'entrefesse, et c'était bon, putain. Je marchais, détrempé et heureux, presque, sous la douche providentielle, guidé par mes pas qui m'emmenaient au hasard des boulevards. Sous mon crâne, le brouillard se dissipait, mais il ne découvrait qu'un gigantesque terrain vague, un gigantesque terrain nu. Puis de nouveau une image : elle reculait, oui, elle reculait. Elle criait et lentement se repliait.

Et ça ruisselait et ruisselait encore ; les rues devenaient rivières et la ville torrent. Je me suis surpris à lever les mains au ciel, comme pour remercier Dieu pour la mousson. Et je les ai observées, ces mains, troublé par mon propre geste, dans le reflet de la nuit détrempée, et je les ai vues : elles étaient énormes et boursouflées. De grosses mains de colosse ou de statue mal taillée. Brusquement, les jointures brûlaient, mes poignets rayonnaient. Le battement de mon cœur dans les phalanges, puis c'est la tempe qui palpite. Une nouvelle déflagration : elle ne recule pas, elle chute. Je ferme les paupières ; je les rouvre. Du sang s'est dilué dans la pluie ; une bourrasque dans le visage puis un volet qui claque dans mon dos ; alors c'est revenu d'un coup : ça avait fait un gros POK sur le sol, un gros POK très sourd, très sec, un POK minéral, je l'entendais de nouveau. Je revoyais son corps vaciller, ses bras qui moulinent dans le vide et l'éclat incrédule qui traverse son regard lorsqu'elle croise le mien juste avant.

Courir, c'est tout ce qui m'était venu à l'esprit. Alors je me suis mis à courir. Et peut-être qu'à mon tour je glissais, je m'écrasais sur le pavé humide et sans doute je me blessais. Mes pas claquaient dans les rues, mais je ne les entendais plus ; seule la chute de Sophie et le POK abominable qui la ponctuait. Ce fut peut-être l'image furtive de ma course déglinguée dans le reflet d'une flaque : j'ai pris conscience du grotesque de mon sauve-qui-peut. Depuis le début, je savais. Le présage, les intuitions, les flashbacks ; tout n'était qu'une comédie que je m'étais jouée à moi-même pour retarder le moment où s'abattrait le couperet. Bien sûr, je savais. Je pouvais fuir tant que je voulais, tout ne faisait que m'y ramener. J'ai relevé les yeux : devant moi, la porte de mon immeuble se dressait.

Et devant la porte, je renâclais. Je le sentais, je le savais que plus rien ne serait pareil une fois que je la passerais. Quelques secondes se sont écoulées, peut-être une minute en suspension devant le vortex ; ma tête a cogné, j'ai eu envie de crier, j'ai eu envie de chier et de pleurer. Un pigeon a roucoulé. Le jour se levait ; j'ai agrippé le bouton de la porte et je l'ai poussée.

Ça m'a troublé sans que je parvienne à fixer ma sensation lorsque je suis entré dans l'appartement : quelque chose perturbait la routine, un accroc dans mon champ de vision, une tache trop sombre dans la pénombre : un objet sur le sol du salon. Il s'est refusé à moi pendant quelques secondes tandis que j'avançais. Un pas, deux. Une liste de formes défilait derrière mes yeux. Trois pas, quatre. Il s'est révélé tout d'un coup. Les murs me sont tombés sur la tête, le plancher s'est comme affaissé ou c'était mon corps qui s'éventrait : au sol, un bras bancal, tordu dans une espèce d'abominable coucou. Au bout, Sophie, couchée en chien de fusil, une boule sombre à la place de l'orbite, qui me regarde de son seul œil demi-clos. J'ai pensé « je vacille », j'ai vacillé et mes genoux ont touché le plancher.

Alors ça m'est venu sans calcul : à deux mètres d'elle, les mains jointes et la mâchoire serrée, je me suis mis à prier. Je l'ai supplié, j'ai supplié le Seigneur tout puissant, de venir tout effacer là maintenant. Qu'il la soigne, qu'il la répare et la remette sur ses pieds, ou qu'il me l'avoue, que tout ça n'était qu'un mauvais tour pour me faire la leçon et qu'on ne m'y reprenne plus jamais. Alors je lui ai dit, au Seigneur, je lui ai dit que je ferais ce qu'il voudrait, pour de vrai cette fois, s'il voulait bien la sauver, je quitterais le pays sur-le-champ s'il lui plaisait, j'irais par-delà les vallées en louant son nom ou me terrerais au fond d'une grotte pour obtenir son absolution ; et je me couchais maintenant, en suppliant Dieu de rendre Sophie vierge au monde, parce que ce monde, il ne pouvait pas exister sans elle, ou pas comme ça, il devait le savoir, le Seigneur, c'est lui qui l'avait modelée de ses grandes mains de Seigneur, lumineuse à l'instar du jour et sauvage comme la nuit. Il l'avait faite à son image, à l'image de son amour immense, de son amour infini, alors je lui ai redit, le front collé sur le carrelage qui imprimait ses jointures dans mon visage, je lui ai redit que j'étais prêt à le recevoir désormais, qu'il n'avait qu'à se manifester, juste un signe, juste un geste, un indice même, j'étais prêt, je le lui disais, presque sur le ton de la menace maintenant, que j'avais assez attendu, toute ma vie durant, combien de fois ? des centaines, qu'il se révèle à moi, le Seigneur, alors s'il devait se manifester, c'était maintenant, c'était tout de suite et je le lui répétais en sanglotant : tout de suite et maintenant. Viens-moi en aide, Jésus, je geignais avant d'entonner en demi-transe un Notre Père dont j'avais oublié la moitié des stances. Je musais ces mots qui ne venaient pas, je les musais encore, et j'implorais de nouveau son pardon : pardon d'avoir volé, pardon d'avoir frappé, pardon d'avoir moqué au catéchisme le vieux monsieur-le-curé. Pardonne-nous nos offenses, je balbutiais, délivre-nous du Mal, je disais, avec toute l'âme du gosse pieux que je n'avais jamais été et je le sentais, je sentais que je n'avais rarement été aussi près de Lui qu'en cet instant, je crois que je lévitais. J'ai plissé mes paupières, plus fort encore pour faire venir la lumière, je plissais, je plissais mais la lumière ne venait pas et d'un coup je retombais sur le sol dur où elle gisait. Dieu de merde j'ai dit, je t'encule, Dieu de merde, tu n'es rien.

Sophie n'avait rien dit, au retour du parc. Rien sur la maison dans les nuages, sur les granitas et le petit nid. Elle avait même paru contrariée et j'en avais presque eu la nausée. Je m'étais roulé en boule dans le divan. Ne t'approche pas, je lui avais intimé, mais il avait suffi que je la rejette pour qu'elle s'approche. On va parler, elle avait dit, et je l'avais menacée une seconde fois. Elle avait soupiré, et son souffle dans ma nuque m'avait brûlé. Assise sur l'accoudoir, par-dessus moi, elle semblait me défier. Elle me défiait probablement. Alors je l'ai repoussée vraiment. Dans la foulée, j'ai renversé une plante posée sur un trépied ; on a entendu le crac sourd du vase qui se rompt d'un coup, les billes d'argile qui roulent sur le plancher et la terre qui s'écrase dans un flop mou. Il y avait des morceaux partout, la désolation tout autour ; et de me voir maintenant fulminer au milieu m'a fait complètement perdre pied. Pied d'cochon, cochon de ferme, voilà le marabout qui revenait, j'ai shooté dans une chaise, la chaise a volé et tailladé une nouvelle brèche dans le mur tout neuf. C'est trop tard, j'ai pensé, et c'était trop tard. Je me suis rendu dans la cuisine en glissant dans la boue. Terre de feu, feu-follet, les billes ont roulé encore. Je me suis envoyé le fond d'une bouteille de vodka en faisant table rase du contenu de l'étagère dans un geste de cinéma. Sophie a tenté de m'arracher la bouteille des mains en tempêtant. Tentacule, cul-de-sac, et une fois encore, je l'ai repoussée. Elle me regardait effarée et son regard me rendait plus dingue encore ; tu es dingue, elle a dit en agrippant mon bras ; et j'ai senti la dinguerie m'envahir par là. Le muscle compressé, ses ongles qui traversent mes chairs ; un élastique dans mon bras, une manivelle qui fuse : de ma main libre, je l'ai giflée. Ça brûlait sur la surface de ma paume, ça cramait aussi dedans. C'était l'incendie total. Elle s'était reculée, étrangement très droite et très fière. Elle parlait, fort, elle articulait, je le voyais, mais les mots ne passaient pas, je n'entendais rien. J'ai pensé : il faut que ça se termine. Mine de sel, selle de cheval, ça tournait dans ma tête. J'ai eu une sorte de flashback très rapide et étrange avec dedans le petit Léon, les Peaux-rouges et l'œil furieux de Marion. J'ai vu Gilles de Bilde, entendu les cris des supporters, peut-être aussi ceux de mon père. J'ai entendu les bris de vaisselle. Selle de cheval, cheval de course, ils retentissaient tout autour de moi, à l'intérieur, dans mon foie, dans mes reins, ils remontaient mes veines pour se loger dans le creux de mon poing. Je l'ai serré à m'en faire péter les os. J'ai senti mes propres ongles, maintenant, trancher ma peau. Sophie s'est tue. Sa bouche était immobile du moins : un trait clair dans son visage plein de nerfs. Quatre secondes, cinq, elle a commencé à sourire. Elle me contourne. Ou je sais pas, elle m'esquive pour s'échapper. Course à pied, pied d'cochon, son sourire dévore son visage, son sourire est géant. Baisse ton sourire, je dis. Baisse ton sourire, putain, ou c'est moi qui te le baisse. Je sais pas d'où sortent les mots. Elle ne m'esquive pas, elle m'encercle. Je la fixe droit dans ses yeux de démon tandis qu'elle tournoie. Cochon d'ferme, ferme ta gueule, j'ai pris mon élan, j'ai fermé mes paupières et j'ai frappé.

J'ai su que c'était elle ce jour où nous avions pris la route de la carrière. Elle avait baissé son siège, passé le bras par-dessus ses yeux et sans mot dire, elle s'était endormie. Et c'était bon qu'elle dorme là, tellement confiante, à mes côtés. Je veillais sur elle les yeux mal rivés sur la route, lorgnant sur elle, toute douce dans son sommeil, et j'aurais voulu qu'on parcoure le monde ainsi, à travers les nationales, au fil des autoroutes, dans les motels à l'américaine ou sur les parkings de stations décrépies. Des personnages étranges auraient traversé notre chemin comme dans les road-trips : des fermiers qui louchent, des auto-stoppeurs au regard de menace, mais aussi des gamins rigolards qui courent derrière leur ballon ou des petits vieux magnifiques qui se tiennent la main sur leur balcon. On aurait vu des biches, des cerfs et même des oiseaux avec plein de couleurs dans le plumage, qui normalement n'ont rien à faire dans le paysage. Un soir, on aurait dormi à la belle étoile au milieu des prairies, dessinant la Grande Ourse avec les doigts comme on le fait aussi au cinéma. J'imaginais ça en conduisant ce printemps-là, avec elle assoupie contre moi. Dans les champs étaient éparpillés de gros ballots et dessus des grives et des mésanges piaillaient. Un vent chaud se glissait par la fenêtre entrouverte et caressait mes joues rouges de joie. Ça sentait bon l'herbe fraîchement coupée, ce parfum du dehors qui nous faisait piaffer sur les bancs de l'école, je me souvenais. J'avais longuement soupiré d'aise, puis Sophie s'était éveillée avec un sourire chiffonné juste au moment où je me garais.

Et là maintenant, tout revenait au galop : le sentier dans la litière, le saut dans le bassin glacé et nos pieds qui sèchent dans la poussière ; je revoyais le faux Noël au village, puis le sud brûlé à travers le hublot, le pipi dans les taillis aux vipères, et même les fruits de mer et les dauphins qui étaient finalement de vrais dauphins. J'ai cru respirer une nouvelle fois le souffle de la terre comme au crépuscule au milieu des oliviers, puis le parfum de nos matins-bulle quand on se réveillait avec les yeux crottés. J'ai vu tout ce que j'avais eu puis tout ce qui disparaissait. J'ai vu tout ce que j'avais perdu et qui ne reviendrait jamais. Derrière se dessinait le futur sombre, celui de Sophie, éclaboussée de toute ma saleté. Un jour, gamin, j'avais trouvé un nid sur la branche basse d'un pommier. J'en avais manipulé avec précaution les œufs magnifiques, azurs et tachetés, je me souviens encore, de la taille d'un ongle à peine, avant de soigneusement les reposer. De retour quelques heures plus tard, un couple de merles piaillaient furieusement par-dessus. Tu les as condamnés dès que tu les as touchés, mon frère m'avait dit méchamment. Avec ton odeur sur les coquilles, ça en fait des œufs étrangers. Je n'avais pas vraiment d'autre choix. Une fois les merles disparus, j'avais décroché le nid et, plein de rage et de tristesse, j'avais broyé les œufs sous mes pieds.

J'ai ouvert les yeux. Le corps-objet étrange, l'œil-boule de Sophie, le putain de cerveau qui vrille. Voilà Gilles de Bilde qui reparaît, les cris, les sifflets, son poing levé. J'ai la crotte au cul. Culotte de Zouave, Zouave d'Afrique, je suis désolé, je dis dans le vide de la pièce qui résonne trop fort. Je me relève, debout sur mes deux pieds. Pieds d'cochon, cochon d'ferme, j'ai dans les bras le vase en béton que j'ai si soigneusement rafistolé. Le jour est presque levé, bientôt on nous verra depuis dehors par les fenêtres des immeubles. Elle murmure, un souffle à peine, elle ouvre la bouche puis la referme, ferme ta gueule, gueule de bois. Le crâne cogne, l'air manque tellement. Je lève le vase haut par-dessus ma tête. Je me recule d'un mètre, deux maximum, omelette, laitue, tue-la. Et je le jette par devant moi.

Merci à Émilie pour les discussions sans fin et la confiance toujours. Merci à Camille Ancel pour son engagement qui ne faiblit jamais, et d'avoir cru qu'il fallait défendre ce texte ; merci à Olivier Desmettre d'avoir choisi de le faire.

Merci à toutes celles et à tous ceux qui, de près ou de loin, ont accompagné l'écriture de ce roman, en particulier : Carmela Chergui, Carole Cohen-Wolf, Jérôme Gierkens, Caroline Lamarche, Aurélie William Levaux, Élodie Levaux, Philippe Marczewski, Frédéric Saenen.

LE CATALOGUE
DES ÉDITIONS DO

SARAH ROSE ETTER · *Hommes sous verre*
Traduit de l'anglais (États-Unis) par Véronique Béghain

EDGAR BAYLEY · *Vie & mémoire du docteur Pi*
Traduit de l'espagnol (Argentine) par Jean-Marie Saint-Lu

OTA PAVEL · *Comment j'ai rencontré les poissons*
Traduit du tchèque par Barbora Faure

JOSÉ CARLOS LLOP · *La Vie différente*
Traduit de l'espagnol par Jean-Marie Saint-Lu

ALEX EPSTEIN · *Comment ne pas tuer une araignée*
Traduit de l'hébreu par Rosie Pinhas-Delpuech

WERONIKA MUREK · *Culture de plantes méridionales selon la méthode de Mitchourine* Traduit du polonais par Marie Furman-Bouvard

LUIS SAGASTI · *Bellas artes*
Traduit de l'espagnol (Argentine) par Jean-Marie Saint-Lu

EDUARD MÁRQUEZ · *La Décision de Brandes*
Traduit du catalan par Edmond Raillard

EDUARDO MUSLIP · *Plaza Irlanda*
Traduit de l'espagnol (Argentine) par Guillaume Contré

JOÃO GILBERTO NOLL · *La Brave Bête du coin*
Traduit du portugais (Brésil) par Dominique Nédellec

JOANNA WALSH · *Vertige*
Traduit de l'anglais par Véronique Béghain

OTA PAVEL · *À chacun sa part de gâteau*
Traduit du tchèque par Barbora Faure

NICOLA PUGLIESE · *Malacqua*
Traduit de l'italien par Lise Chapuis

ALEKSANDAR BEČANOVIĆ · *Arcueil*
Traduit du monténégrin par Alain Cappon

JANA JURÁŇOVÁ · *Ilona. Ma vie avec le poète*
Traduit du slovaque par Barbora Faure

BALLA · *Au nom du père*
Traduit du slovaque par Michel Chasteau

JEAN STAFFORD · *Les enfants s'ennuient le dimanche*
Traduit de l'anglais (États-Unis) par Jean-Gérard Chauffeteau et Véronique Béghain

KOSTIS MALOÙTAS · *Une fois (et peut-être une autre)*
Traduit du grec par Nicolas Pallier

SAMOUÏL ASCOTT · *(x) fois*
Traduit de l'anglais (Irlande) par Coline Lapierre

ARJA KAJERMO · *L'Âge du fer*
Traduit de l'anglais (Irlande) par Véronique Béghain

SUSANA MOREIRA MARQUES · *Maintenant et à l'heure de notre mort* Traduit du portugais par Elisabeth Monteiro Rodrigues

ELENA GIANINI BELOTTI · *Avant le repos*
Traduit de l'italien par Christine Lau

STEFAN SULZER • *Le jour où ma mère toucha Robert Ryman*
Traduit de l'anglais par Stéphane Vanderhaeghe

MARCI VOGEL • *La Mort et autres jours de fête*
Traduit de l'anglais (États-Unis) par Marie Chabin

RICARDO MENÉNDEZ SALMÓN • *La Nuit féroce*
Traduit de l'espagnol par Jean-Marie Saint-Lu

NOGA ALBALACH • *Le Vieil Homme. Des adieux*
Traduit de l'hébreu par Rosie Pinhas-Delpuech

NAJA MARIE AIDT • *Si la mort t'a pris quelque chose rends-le*
Le livre de Carl Traduit du danois par Jean-Baptiste Coursaud

NOELLE Q. DE JESUS • *Passeport*
Traduit de l'anglais (Singapour - Philippines) par Patricia Houéfa Grange

LAMIA BERRADA-BERCA • *Chasser les ombres*

SABRINA ORAH MARK • *Lait sauvage*
Traduit de l'anglais (États-Unis) par Stéphane Vanderhaeghe

DENITZA BANTCHEVA • *Visions d'elle*

JOSÉ CARLOS LLOP • *Le Roman du siècle*
Traduit de l'espagnol par Jean-Marie Saint-Lu

EDUARDO BERTI • *Demain s'annonce plus calme*

FLORJAN LIPUŠ · *Le Vol de Boštjan*
Traduit du slovène par Andrée Lück Gaye et Marjeta Novak Kajzer

LAMIA BERRADA-BERCA · *Kant et la petite robe rouge*

ALESSANDRO CINQUEGRANI · *Braconniers*
Traduit de l'italien par Laura Brignon

FRANCK DORSO · *Avant Rotterdam*

GIORGIO DE MARIA · *Les Vingt Journées de Turin*
Traduit de l'italien par Angela Calaprice

CORINNE LOVERA VITALI · *Kill Jekyll*

MICHAEL COLLADO · *Mexicayotl*

RICARDO MENÉNDEZ SALMÓN · *Horde*
Traduit de l'espagnol par Jean-Marie Saint-Lu

CHRISTOPHE LEVAUX · *Baisse ton sourire*

Cet ouvrage a été achevé d'imprimer en novembre 2022
par l'imprimerie Présence graphique, à Monts (France).
Numéro d'éditeur : 44
Dépôt légal : janvier 2023
Imprimé en France

Conception graphique de la couverture :
Louise Desmettre

La police utilisée pour ce livre est l'Eidetic Neo
de la fonderie Emigre Graphics,
née un an après la création, en 1984,
de la revue de design et de graphisme *Emigre* (é-mi-gré),
qui se définissait elle-même à travers son sous-titre :
« La revue qui ignore les frontières ».
Si le dernier numéro est paru en 2005,
la fonderie est toujours installée
à Berkeley (États-Unis).

Les éditions do sont installées à Bordeaux (France)
et ont été créées en 2015 par Olivier Desmettre.

« Certains pensent que les hommes violents sont des malades mentaux ou des "fous".
Parfois, même les hommes pensent comme cela. Mais la plupart des hommes
qui sont violents avec leur partenaire mènent une vie qui semble normale
sous tous les autres aspects. La plupart ne sont pas violents en dehors du domicile
conjugal. Ils sont capables de contrôler leur violence dans d'autres circonstances.
Les hommes qui ont été violents avec leur conjointe se décrivent souvent
comme "hors contrôle" lorsque la violence arrive.
Cependant, la plupart arrivent à se contrôler lorsque d'autres personnes sont présentes.
Nous avons tous plus de contrôle sur nous-mêmes que nous le pensons parfois.
Dans le feu de l'action, nous ne nous rendons pas toujours compte que nous faisons
des choix, mais c'est bien ce qui se passe en réalité. Nous décidons de la façon
dont nous parlons aux gens, et de la manière dont nous nous comportons avec eux.
Même lorsque nous sommes très en colère, le choix est toujours là :
être ou ne pas être violent, choisir ou pas une autre manière de réagir à la situation. »
Amnesty International